中国当代文学名家精品集

书的命运

蒋子龙 著

成都地图出版社

图书在版编目（CIP）数据

书的命运 / 蒋子龙著 . -- 成都：成都地图出版社有限公司, 2025. 5. -- (中国当代文学名家精品集). ISBN 978-7-5557-2831-3

Ⅰ. I267

中国国家版本馆 CIP 数据核字第 2025NK8982 号

中国当代文学名家精品集：书的命运
ZHONGGUO DANGDAI WENXUE MINGJIA JINGPIN JI: SHU DE MINGYUN

| 著　　者：蒋子龙 |
| 责任编辑：沈　蓉 |
| 封面设计：李　超 |

出版发行：成都地图出版社有限公司
地　　址：四川省成都市龙泉驿区建设路 2 号
邮政编码：610100

印　　刷：三河市人民印务有限公司
（如发现印装质量问题，影响阅读，请与印刷厂商联系调换）

开　　本：710mm×1000mm　1/16
印　　张：13　　　　　　　字　　数：200 千字
版　　次：2025 年 5 月第 1 版
印　　次：2025 年 5 月第 1 次印刷
书　　号：ISBN 978-7-5557-2831-3
定　　价：68.00 元

版权所有，翻印必究

《中国当代文学名家精品集》编委会

主　编　王子君

副主编　沈俊峰　陈　晨

编　委（按姓氏音序排列）

　　　　陈长吟　陈　晨　韩小蕙　李青松
　　　　聂虹影　孙　郁　沈俊峰　王必胜
　　　　王子君　徐　迅　朱　鸿

出版说明

2023年春，教育部等八部门印发《全国青少年学生读书行动实施方案》。随后，122家国家语言文字推广基地共同发出"典耀中华"主题读书行动倡议。一些具有文化情怀的出版社和文化公司，立即响应，策划各种适合青少年阅读的图书，《中国当代文学名家精品集》书系应运而生。

《中国当代文学名家精品集》书系由北京世图文轩文化发展有限公司（下称"世图文轩"）策划，由成都地图出版社出版。我非常荣幸地受邀担任主编。

世图文轩成立于2010年，系北京市内乃至全国较有影响力的图书发行公司之一，曾获得"重合同守信用企业""诚信经营示范单位"等荣誉称号。长期以来，世图文轩和众多出版社就优质图书出版进行合作，获得了合作伙伴的一致好评。在"典耀中华"主题读书行动中，他们敏锐地抓住机遇，迅速策划主要以初、高中生为读者对象的大型书系选题，显现出他们的眼光、魄力与胸怀，以及对于文化市场的拓展理想。我相信，这样一家致力于图书策划、出版的公司，其品牌信誉是毋庸置疑的。

为成长中的青少年读者集中呈现名家优秀作品，是一件虽然困难，却功在当代、利在未来的大好事，我能参与其中，与有荣焉。我必须以一种高度的使命感、责任感以及担当精神来做好这个书系，成就这件大好事。

令人特别感动的是，刚开始组稿时，刘成章、王宗仁、陈慧瑛、韩小蕙、王剑冰、李青松、沈念等老师就对这个书系表现出极大的支持和信任，并在第一时间提供了书稿以示鼓励。很快，几乎所有得知此书系的作家都认为这是在为作家、为"典耀中华"主题读书行动做一件好事、大事。由此，我和我的临时编辑室成员获得了极大的信心，热情也更加高涨，此后连续十个月，我们整个身心都扑在了这件事上。

一个人只要用心做事，人们是会感受到的，也会默默地予以支持。事实上也是如此。随着组稿工作的开展，我们和作家们的沟通日益频繁，我们发现，他们除了都表现出对这个书系的兴趣与认可，对当代散文创作的发展、繁荣的前景，还有一种共同的期待与信心。这对我们无疑是一种更为巨大的鼓舞与动力。

组稿虽然也费了不少周折，但总体上比想象中顺利得多。当然，非常遗憾的是，一部分作者由于手头书稿版权等原因，未能加盟到这个书系。

组稿只是我们工作的一部分，更为具体、更为烦琐的，是审稿事务，它出乎意料的繁重，也占据了我们比预想的多得多的时间和精力。偶尔，我们也有点儿想放弃了，但是，想着这是一件功德无量的事，又兀自笑笑，继续埋头苦干。在这个过程中，感谢师友们对我们工作的配合、理解、支持与信任。

静下心来，切实感受审读、编辑工作的价值和意义。

书系里，名家荟萃，佳作如林。有的，曾代表过一种新的创作范式；有的，曾开启过一种创作方向；有的，对某一题材开掘出更深更独特的思想；有的，有引领某类题材与风格的新面貌；等等。毫不夸张地说，散文多角度多样式的表达，在这个书系里应有尽有，全景式、全方位地呈现出中国散文几十年的创作成果，是当代散文创作的一个缩影。

总体上，无论是题材、创作方法，还是思想容量，此书系都呈现了散文广阔的视野，让我们感受到散文天地的无垠无际。

具体来说，以下几个特点特别明显：

一、作者队伍可谓老中青完美结合。入选作者的年龄跨度最大达半个多世纪，上有鲐背之年的高龄名将，他们文学生命之树长青，宝刀不老，象征着老一辈散文家依然苍翠的文学生命力；最年轻的三十出头，他们雏凤声高，彰显散文创作的新生力量蓬勃兴旺的景象；一大批中壮年作家，是当代散文创作领域里当之无愧的中坚基石，他们的创作正处于繁花似锦的鼎盛时期，实力毕现。

二、题材多元多样，内容丰富多彩。书系中，既有涉及上下五千年历史的洒脱智慧的历史文化散文，又有让人惊艳的初次涉猎的新颖、独特题材。有人写亲情，有人写风景。有些人写自己的童年，让我们看到其成长时代；有些人写一个城市或一条河流的前世今生；有些人写自己对故乡的记忆，从更有新意的视角表现这个时代的巨变；有些人集中了自己几十年的写作精品，让我们看到他们的创作道路上的足迹；有些人专注于一个主题，开掘深挖，独具魅力；有些人关注时代、关注身边的人和事；有些人剖析自己的内心情感……总之，反映中华传统文化、红色文化和当代自然文学精粹的作品，在此书系里比比皆是，或温暖动人，或鼓舞人心。

三、风格百花齐放，个性特点鲜明。几十部作品，有的侧重写实，有的侧重抒情，有的注重开掘思想，有的追求内容唯美，有的描写细致入微，有的叙述天马行空……表现方式千姿百态。但无论哪种风格，无论如何表达，皆个性鲜明，情感饱满，呈现出思想性、艺术性、可读性兼备的特质，读者可以从中获得不同程度的启发，感受到散文的魅力。

四、女性作者跳出了人们对"女性散文"固有的观念。书系中占有一定比例的女性作者，她们的作品虽然仍保留细腻敏感的特色，但大都呈现出大气开阔、通透有力的格局。她们温柔而现代的行文表达，对读者来说有着更为别致的情感体验和人生借鉴意义。

总之，这个书系，将是我们打造阅读品牌的开端。如果你愿意静下心来阅读，你一定会有所收获。

习近平总书记在文艺工作座谈会上讲话时指出："优秀文艺作品反映着一个国家、一个民族的文化创造能力和水平。吸引、引导、启迪人们必须有好的作品，推动中华文化走出去也必须有好的作品。"我们希望，这个书系能成为读者眼里"正能量、有感染力，能够温润心灵、启迪心智，传得开、留得下，为人民群众所喜爱"的"优秀作品"。

在此，特别感谢沈俊峰、陈晨两位搭档的通力协作，我的编辑朋友梁芳、胡玉枝的倾力相助，以及世图文轩、成都地图出版社上上下下推进此书系出版的所有领导与师友的大力支持和耐心细致的工作。他们让我感受到了团队的力量。同时，也特别感谢出版方将我和我的搭档的作品纳入此书系，我们把此举视为对我们的"嘉奖"。

上述文字，不敢称"序"，不敢称"前言"，甚至不敢称"出版说明"，仅表达此书系的缘起和一些组稿、审读的感受，也许过于肤浅，还望广大作者、读者海涵。

《中国当代文学名家精品集》主编

目录

书的命运 / 1

黑色温暖 / 4

龙在林海 / 7

昆仑气脉 / 10

"梦都"——邯郸 / 13

以马为师 / 17

寻找西北风 / 20

字如其人 / 23

名字的疯狂 / 26

绅士 / 30

桃源处处桃花源 / 33

千年传奇"江之阳" / 36

怀念骡子 / 42

妙人高晓声 / 45

慈祥的火 / 47

海河史话 / 53

从大象之死说起 / 57

阎爷句式 / 60

一门绝技的诞生 / 66

百年佳话 / 71

运动生涯 / 76

江门的星光 / 79

时间 / 82

读书和养猪 / 85

长江的口袋 / 89

群众演员 / 93

横琴变奏 / 96

田地里生长出来的城市 / 100

童年就是天堂 / 105

悠悠世路不见痕 / 111

昙花的绽放 / 119

诗词桐庐 / 123

石头如何开花 / 128

千年银杏谷 / 131

锄经园 / 134

封开 / 136

祖国的投影 / 140

毛乌素之光 / 143

五邑"侨心" / 148

千年胡杨拐 / 152

感受光明 / 154

崀塬情深 / 158

河的经典 / 162

国凯师兄 / 167

从雪域到黑土 / 172

海底坐垫 / 184

石都石趣 / 187

江山多胜游 / 191

书的命运

书籍是人类文明进程中的重要标志,至今还是社会发达、精神卓异的体现。但,自世界上有了书的那一天起,人跟书的纠结也就开始了,先秦诸子百家,纷纷著书立说,到秦始皇就来了个"焚书坑儒"。经历汉唐,宋真宗又鼓吹"书中自有黄金屋""书中自有颜如玉",可没过多少年,到宋神宗时就开始制造"文字狱",苏轼就因此被下了大牢,险些丢掉性命。以后的明、清两代,"文字狱"愈演愈烈,明太祖甫一开国,就因"文辞细故"砍掉不少头颅,清代则以康、雍、乾三朝为最。"避席畏闻文字狱,著书都为稻粱谋。"龚自珍的感叹别有意味,即便是"为稻粱谋",也还得要著书。特别是乾隆,在大搞"文字狱"的同时,又下令编撰《四库全书》……

——这到底是人折腾书,还是书折腾人?

究其实更像是书折腾人。别看书是人写的,文字一旦成书,便有了自己的生命,人离不开书,有时人也怕书。纵观整个封建历史时期,主导社会风尚的却还是"诗书继世长"。宋代汪洙的诗似乎更贴近历史事实:"少小须勤学,文章可立身。满朝朱紫贵,尽是读书人。"时间走到近现代,人和书的关系依然忽冷忽热,忽而推崇"万般皆下品,唯有读书高""学好数理化,走遍天下都不怕",忽而又宣扬"读书无用论",考试以"交白卷"为荣……随后又是读书至上的大潮席卷而至:遍地补习班，从少小就开始了读书的竞争，因长大后求职要凭学历，中国一下子成为"博士大国"，单是女博士就多到被称作"第三种人类"……当整个社会似乎还沉浸在考学、留学、文凭至上的热潮中，却不知从什么时候开始，人们猛然发现不读书已然成了天大的社会问题。先哲说："一个人读什么书，就决定他是什么人；知道一个民族有多少人读书，就知道这是个什么样的民族……"这还了得，泱泱文明古国的颜面何在？有着悠久而灿烂的文化传统哪里去了？

当不读书成了社会问题，现代人的精神疾患多了起来，自杀率急剧上升，死一个就说是抑郁症，不知这跟读书是不是有关系。于是有高人大声疾呼人们慢一点，"等等灵魂"。现代人怎么经常灵肉分离？是出门不带灵魂，还是把灵魂丢在什么地方了？古训是"读万卷书，行万里路"。读书在前，行路在后。明代大画家董其昌或许是总结了西晋陈寿的成功之路才说这番话的。陈寿是四川南充人，其父为他盖了一座万卷楼，他读破万卷书之后，开始沿着三国纷争的路线走了一遍，细勘重要战场和历史拐点之处，然后写成《三国志》，与《史记》《汉书》《后汉书》并称"前四史"。

有人认为，今人读书少或不读书，是网络时代信息碎片化的必然现象。这肯定是一种误解。自毕昇发明活字印刷术400多年后，德国工匠谷登堡的金属活字印刷术问世，书籍大量出版，人类便进入"书面社会"。如今的网络化不过是"书面社会"的电子版，电子书也是书。碎片化的内容是信息，不是书，不是思想。看看周围的世界，读书与创造力成正比，读书与国家的发达程度成正比。美国一项民意调查显示，现代美国人最喜欢的业余活动排在前三位的是：与家人在一起、读书、看电视。浪漫的法国人人均年读书20多本，他们认为理想的社会结构是"30个诗人、作家，25个经济学家，24个工人、服务员，3个政治家，2个将军，1个商人"。

其实，正是眼下不读书的社会风气，成就了爱读书的人。历年高考状元，不仅是学霸，还是大量阅读课外读物的人。当今商品社会的许多佼佼者，也都是读书最多的人。他们是生活的幸运者，也最能深切地体悟到，读书就是人的一种幸运：或茅塞顿开，酣畅淋漓；或孜孜以求，终有所得；或一卷在手，自得其乐；或随意浏览，渐入佳境……不管是什么时代，世界上没有一个老师，也没有一种老师会跟你一辈子。只有书，是可以随身携带的大学，是能陪伴你一辈子的老师。书的命运，就是人的命运、国家与民族的命运。

书不只是命硬，还蕴含着一股神秘的力量。历来被认为是中华文化的根基的《河图洛书》，问世几千年了，至今谁敢说能解得透其中意蕴？书，大火烧不绝，"文字狱"禁不住。过去，读书是一件奢侈而高贵的事情，只有极少数人才读得起书。如今，人人都有条件读书，喜欢奢侈、追慕高贵的现代人，怎么会不喜欢读书呢？"阅读障碍"是一种病，大讲养生、把健康排在第一位的现代人，谁又愿意得这种病呢？所以我说，大可不必为中国人均读书量少而担忧，我们是人口大国，好事坏事被14亿人一平均，就不是事。知道书的价值，应该读也正在热读、苦读、硬读、悦读、闲读的人还是很多的。社会转型，人的心理、性格正在发生剧变，可以肯定的是，通过读书鉴古知今，有益于人变好，而不是变坏。

黑色温暖

有些东西之所以叫"纪念品",是因为它们记录了人生的脚步。

我有一个很大的扁柜,它占据了家中最大、最完整的一面墙,里面存放的每一件纪念品,都记录了我的一段经历,都有一个故事。其中,摆在显著位置、看上去极普通却让人觉得很特别的藏品,是一块煤。一块实实在在的闪着光泽的煤,它被放在一个精美的托架上。

它是我从平朔煤矿的地下掌子面亲手捧回来的。压在煤块下面的卡片上写着:"9 号煤,平均发热量 5948 kcal/kg,干基灰分 21.6%,干基硫分 1.38%,干基挥发分 31.1%"。每当我独自端详它或向朋友讲解它的来历的时候,伴随着回忆,心里会泛起一股温暖,一种向往和敬意,还有警策和思虑。

我对煤矿并不陌生,曾多次下井,有些还是全国著名的大矿。下井时无一例外都从上到下地穿戴好矿工的装备,头上顶着矿灯,或爬进去,或乘升降梯到地下,然后坐轳辘马进入采掘现场。来到平朔煤矿井工一矿,才真正见识了什么叫"全国第一",我们是乘大型吉普车下井并直达采掘面的。其实我们既不"采"也不"掘",更不是"挖",而是"割"。我跟着"割煤机"向前走,竟产生一种坐在联合收割机上在丰收的田野上向前挺进的错觉。

不只是我们,矿工们每天下井出井也都乘坐卡车,像地面上的人乘坐公司的班车上下班一样。平朔煤矿的地下，有一个浓缩的地面上的高速公路网。地下数百米深处蛛网般的巷道，就是一条条相互连接的公路，其灯光、路标、信号以及各种指示牌，周密而规范。

它缺少的只是路边的广告，多的是安全警示语。任何一名矿工只要想出一句有利于安全的话，就可将其制成一个牌子，配上灯光和他的照片，镶嵌在巷道壁上，光芒闪烁，格外醒目。每隔200米有一个救生舱，可供30人生活四天。每隔50米，道边有一个自救站，备有淡水和氧气……

他们的理念是："生命至尊，安全为天！"

我当时感觉，即便爆发一场战争，也未必能摧毁平朔的"地下王国"！

因此，我在平朔获得的第一个感觉是"温暖"。因为这里的生产条件和生活环境，与他们的生产规模和所创造的价值大体是相称的。他们仅去年一年就向国家上缴税费81亿，创造利润79亿，实现产值310亿……这是多少钱哪！

国家引以为豪的"占世界第二"的经济总量，大头是靠许多像平朔煤矿这样的企业给撑起来的。要知道煤是不可再生的资源，虽然属于国家，可埋在平朔人祖辈生存的地方，平朔人给共和国提供的是"乌金"，是热能，是动力，这里面也有他们的精神。正像《平朔之歌》里唱的："共和国的炉膛里，燃烧着矿工的赤诚。"

那么共和国呢？是不是更应该感谢、尊重、爱护这种赤诚，乃至以同样的赤诚温暖矿工？

平朔地处"天下九塞之首"的雁门关外，统称塞北。至今还保有古战场的遗韵，内外长城及高高低低的烽火台举目可见，"草带烽烟色，蝉为朔吹声"。当我们乘着一阵风沙登上世界一流的平朔安太堡露天煤矿的大岸时，似依稀听到了角声连连，重鼓震天，浓烈的烟尘遮住金戈铁马，却挡不住诗人李贺的吟唱："黑云压城城欲摧，甲光向日金鳞开……"

奇怪，这塞外的风沙来得猛，走得也急。尘暴一退，一个令人震惊的巨大煤坑呈现在眼前。采煤工作面是几十平方公里，全部机械化，其程序就是"铲"和"运"。一铲下去就是一个 60 立方米的大煤堆被轻轻端起，转头将其倒进一次可装载 292 吨的运煤车里，然后沿着螺旋形的车道攀缘而上，一辆接一辆，势如游龙般夹雷携电地驶向选煤厂。

即便没有去过平朔的人也可以想象一下，那巨大的铲车若一下一下铲下去，似能把地球给挖穿，一辆辆运煤车则如一座座小的煤山在移动，它的一个辘轳的直径就是 3.7 米……上千台这样的设备同时作业，该是怎样的一种气势？

——这就是四十年前世界上最大的、今天中国最大的现代化露天煤矿。

四十多年前由邓小平亲自拍板，与美国合作，引进美国的开采技术和设备，方才有了今天的平朔煤矿。在平朔煤矿最显著的位置，摆放着近半米高的金质邓小平雕像。

目前中国是全球最大的产煤国，仅平朔煤矿就年产 8000 万吨煤，根据《2023 煤炭行业发展年度报告》，原煤产量超亿吨的省份还有 7 个。世界上约 51.8% 的煤矿产量出自中国。我们不仅是煤炭出口大国，也是世界上最大的煤炭消耗国，中国在经济上所感觉到的"温暖"，有很大一部分来自对"乌金"的开采和燃烧。

所以，我将其称为"黑色温暖"。

龙在林海

夏天的大兴安岭，到处是一片灿烂，或金黄，或嫣红，或姹紫。这里有着中国最大的原始林区。我一直向往真正的森林，所以一踏上大兴安岭便不管不顾地闯进密林深处，想拥抱神秘的原始森林，尽情吸吮自然历史的绿色营养。

这里有着太多的数人合抱都抱不过来的大树，它们至少生长了数百年乃至数千年，枝干如铁，直捣青天，或美似华盖，或威如天神，或形貌狰狞……有些不知在什么年代曾被雷电"咬过"一口，一道道几十米长的焦黑的伤疤，弯弯曲曲、飘飘忽忽，从头顶贯到脚跟，宛若一条条恶龙缠绕其身，恐怖而又壮观。

难怪鄂伦春族人供奉"雷神"，但凡看见被雷电击烧的树木就远远绕开，免得自己得病发烧。像这样的大树，当初，被雷击电烧过之后，是怎么挺住并活下来的呢？它们重新活得强壮繁茂，透出一种犷悍的神秘感。

在每一个炭状的树墩或每一排烧焦的树桩旁，总有新生的参天大树或幼苗，留下了历代一次次大火的痕迹和火后的重生。原始而又威力无比的自然之火，仿佛不是为了毁灭，而是为了再生。

高空为树冠所垄断，遮天蔽日；地面则为杂草、野花和数不清的灌木所霸占，踩一脚绵软柔松，如落陷阱。蒿草齐人高，有些结果的植株匍匐于地,密如丝网,其果实则形如樱桃,红颜白颔,莹润闪光。杜斯枝蔓带刺,横勾竖挂。橡树、榛、杜鹃与花楸等数不清的乔木灌木,在树干之间织成网搭成墙,使人寸步难行。再加上蜘蛛结网乱上加乱,蚊子、瞎虻"趁火打劫",更增加了森林的神秘气氛。

一开始,我与同行的人们声声相唤,彼此应答,唯恐走失。渐渐地,我们就相互看不见影儿,也听不见声儿了。我头皮发紧,恐怖像赶不开的蚊子,轮番袭来。我感到自己是这样疲乏、弱小,这样愚昧、胆怯,我恨不得变成一棵树、一根草,甚至一种小昆虫……在森林里,它们都比我具有更大的自由和强劲的生存能力。显然,一个现代人落进了原始的"迷魂阵",会变得极度脆弱和渺小。

森林连接着远古和今天,令人感受到了世纪的更新、大地的变迁,历史的内涵无限地重复以及人类的花样翻新的局限。我似乎懂得了什么是充实与贫乏,什么是神奇与渺小,什么是博大与简单,什么是终古长新与昙花一现……

忽然,我听到几声枪响,那是向导在召唤,它微弱得像文明社会的呻吟。在这个没有污染的天地里,我不适应,甚至感到恐惧,感到自己的浅薄与渺小。生死只是一瞬间的事情,现代惧怕原始,人类惧怕自然,无神论者遇到了神,恐怕历史也会"鬼打墙"吧。

我常自以为热爱森林,却不过是"叶公好龙"呀。

头上身上挂着蜘蛛网和草屑,脸和手臂被划破了几道口子,在向导急切的呼喊和召唤中,我终于逃出了大森林。以向导的估计,我顶多走进去二三里地,却像迷失了很长一段时间。

尽管刚刚从现代文明踏入原始,却足以领略原始无与伦比的强大魅力:壮阔而单纯、粗暴而温柔、深沉而急躁,平静中藏着杀机、骚动中变化莫测。一旦返回现代文明社会,顿觉清风是凉爽的,空气是清香的,溪水清澈见底,喝一口清冽甘美,洗一把脸,头脑立刻清醒,姑且让原始的尘垢、蚊虫叮咬的红肿，尽付水流吧。唯有在林中的诸般感受沉淀下来，充实了我蓬勃的灵魂，丰富了我浅显的生命。

向导为了让人们真正感受这片森林，仔细地讲解了它无可估量的生态效益：保持水土、保护生物、屏障东北、供氧净化与调节气候等等。像大兴安岭这样的林区，堪称一座规模宏大的"制氧工厂"。停伐后，大兴安岭林区每年森林增长潜力在1500万到2000万立方米之间。每生长1立方米的森林蓄积，便可吸收二氧化碳1.83吨，释放氧气1.62吨。按该地区每年森林增长值计算，每年仅自然新增森林蓄积吸收氧化碳能力就近4000万吨，释放氧气能力达3000多万吨。

这并不是最主要的，大林莽最重要的生态功能是涵养水源。有山必有沟，有沟就有水，大兴安岭有大溪小河1800多条，其中流域面积50公里以上的河流154条，流域面积1000公里以上的河流有28条，主要河流有多古河、呼玛河、塔河、多布库尔河、甘河等。大兴安岭河流河谷开阔，河床蜿蜒，全区多年地表水资源量为170.09亿立方米。林海降雨量丰沛，常看天气预报的人会有感觉，东北这方水土，总是夏天雨多，冬天雪大。

森林堪称看不见的、庞大的地下水库。雨大，它能吞；无雨，它能吐。若问现在的龙王安在，大概最奇妙的回答是：龙在林海。

昆仑气脉

公路像缎带，从西边天际垂挂下来，柔软地跃动着，油光闪闪。我们自下盘旋而上，想去看帕米尔高原的一个山口。据说电影《冰山上的来客》中那些惊心动魄的山口，就是在这儿拍摄的。

一路上恍若在仙境中漫游。干燥的中午，突然看到前方出现一汪清水，仿佛是刚下过大雨，柏油路面还泡在水里。待你走近，水面又移到更远的前方。或者在公路的一侧出现一片碧海，无边无涯，清波荡漾，海面上有清晰可辨的亭台楼阁，或雄伟壮观，或流光溢彩……

这一切当然都是美妙的幻象。由于我们并不处在饥渴中，所以只看见了它的美丽，不觉得它是一种欺骗。只有你有所求的时候，欺骗才会发生。你最渴望的东西构成对你的最大诱惑，你的渴望就是你的弱点。

步入仙境是要无欲无求的。

这种感觉真好，仿佛一步步离世俗越来越远，灵魂在一点点净化。能有这样一番体验，真是不虚此行。我甚至生出更大的奢望：若每年都能来一趟帕米尔高原，清洁身心，净化灵魂，该是多大的福分、多大的快乐。

一路上我没有看到一个行人，却看到路边有放置得很整齐的东西，一个包袱、一个鼓鼓囊囊的袋子，甚或是一件叠放着的羊皮袄，都用石块压着……向导告诉我，山上的牧人下山放牧，越走天气越热，便把用不着的东西放在路边。或十天半月，或一两个月，等到他们的干粮吃完了，回山的时候再一件件拿走。

其他过路的人不会顺手牵羊吗？

不会的，这是千百年来留下的风俗。

好，果然神仙境界。也只有这样的风俗，才和如梦如幻的帕米尔相称。这让我想起在戈壁滩上第一次吃西瓜，以为可以不必像在城市里那么拘束了，西瓜籽可以往野地里随便吐，西瓜皮可以扬手就投得远远的。不想主人跑过去把我丢弃的西瓜皮捡回来，扣放在路边，并解释说："这是规矩，扣着可以尽量保持西瓜皮的水分，万一后面有遇到意外断了水的人，西瓜皮也可解一时之急。"

好规矩，我此生都不会再忘记戈壁滩上这个吃瓜的规矩。新疆是个好地方，不知道还有多少这样的好规矩。

越走山越高，气温也越低，阳光从雪峰上折射下来，人感受到的不是温暖，而是袭人的寒气。在一个绝妙的转弯处，向导停下来，向我们讲解道："这儿的角度最好，可遥望昆仑山。"

真是灵境仙台，眼前地脉断绝，但见横空千里，清光炫目。阳峰雪崔嵬，阴崖冰堆玉，烟霞深护万千重，天上风云起卧龙，果然是神仙世界。

难怪这里会成为中国神话的发祥地，顾颉刚先生就将中国神话分为两大系统：一是昆仑神话，一是蓬莱仙话。而昆仑神话又保存最完整、结构最宏伟，是中国远古神话的精华。《史记》卷一百二十三中记载，"《禹本纪》载：'昆仑其高二千五百余里……其上有醴泉、瑶池。'"

于是，昆仑山在中国神话中就成了"百神之所在"，而瑶池的西王母，则是中国神话中最有影响的女神。

"凌空恍得青云路，回头悠悠觉自然。"我们完成了一次神仙游，下得山来已是皓月悬空，耳边似又响起清人施补华的《疏勒中秋》：

> 眼中一明月，
> 正映昆仑墟。
> 心中一明月，
> 乍出东海隅。
> 两月本一月，
> 心眼抑何殊。

"梦都"——邯郸

在中国传统文化的长廊里有一奇观,或说是一个谜:有关邯郸的成语格外多。《史记》里有关邯郸的成语典故多达百余条。《中国成语大辞典》共收录成语一万八千多个,其中属于邯郸的成语竟占了一千五百八十多个,如邯郸学步、女娲补天、叶公好龙、滥竽充数、掩耳盗铃、梅开二度、背水一战、破釜沉舟、完璧归赵、毛遂自荐、负荆请罪、纸上谈兵……中国再无第二个地方像邯郸这么盛产"四字词组"。

至今人们走进邯郸,有时还恍若进入成语典故之中。倘是顺大道入城,在雄阔笔直的马路两侧,古代弓箭式的电灯杆格外抢眼,杆似箭,弓是灯,强弩硬弓,直指星空。继续前行,接近城郭时,有一巨型城雕迎面扑来:台基高耸,上塑一烈马,剽悍异常,腾空而起,马背上有一勇士,弯弓搭箭,雄姿英发……这正是让赵国强盛起来,使其成为"战国七雄"之一的赵武灵王,与之有关的成语是"胡服骑射"。

公元前325年,赵雍继位,即赵武灵王。他面对的却是一个烂摊子,赵国长期积弱不振,随时都有可能被强秦和周围的列国所吞并。赵雍殚精竭虑、梦寐以求地想找到强国之策。在一次外出巡视时,他遭遇胡人狩猎,大受启发,发动了一场著名的变革。当时中原人的装束是长袍宽袖,质地或丝或麻,松松软软。而胡人以兽皮做衣,紧身短装打扮,行动利索,便于骑马打仗。中原人打仗以车战为主,用马拉着木轮大车，士兵全站在车上向前冲刺，不得不受到车的局限，笨重而死板。而胡人都是骑兵，风驰电掣，马到人到，人到刀枪到，灵活快捷，占尽先机。赵雍的变革就是学胡人穿"胡服"，练"骑射"。这可能是"改革"一词最早的含义，"革"就是皮子，赵国的改革就是将丝麻换成皮子。

《易经》里有"革卦"："井道不可不革，故受之以革。""天地革而四时成……顺乎天而应乎人，革之时大矣哉！"战国时期中原人很瞧不起胡人，觉得自己穿得松松垮垮是一种斯文。而赵武灵王"换皮子"的改革也是下了大决心的，他带头穿起"胡服"，并颁布重令督导士兵们练习骑马射箭。这也就是"革卦"里所说的"大人虎变""君子豹变"。领导变革的伟大人物，必须自己先行改革，然后改革周围的人，最后推广于天下，改革才能成功。赵国自此果然强盛起来。

还有，邯郸城中街有条回车巷，传说就是蔺相如避让廉颇的胡同。后人在巷口立了一个石碑，碑上横额有"蔺相如回车巷"六字，碑文记述了"负荆请罪""将相和"等著名的历史故事。在邯郸古老的沁河上，还有一座学步桥，即庄子在《秋水篇》里所描述的寿陵少年"邯郸学步"的地方。最令人惊奇的是邯郸北郊真有一个黄粱梦村，村南有座明代的庙宇，名为"吕仙祠"，在这里产生了中国文化史上最著名的一个梦："黄粱一梦"，又称"黄粱美梦""一枕黄粱"。

据唐人沈既济的《枕中记》所载，唐开元七年（719年），穷秀才卢生在邯郸客栈里遇见道士吕翁，两人共席而坐。卢生不免抱怨起命运的不公，自己空有一腔抱负，却报国无门，为穷所困，郁郁不得志。此时店家刚蒸上小米饭，用餐尚早，吕翁便从行囊中取出一个瓷枕递给卢生，让他枕在上面，可即遂心愿。卢生一枕而觉，一觉而梦，梦见自己举进士、升高官、娶娇妻，随之一展雄图，开河广运，歼敌扩疆，屡建奇功，官至吏部尚书、御史大夫。后遭诬陷，一贬再贬，曾想引颈自列，为妻所救。数年后终得昭雪，升中书令，封燕国公。所生五子，皆德才兼备，个个进士及第，官高位显，得孙十余人。他为官五十余载，享尽人间荣华富贵，寿逾八旬。正待无疾而终，忽然惊醒，欠身而起，见吕翁仍坐其旁，店家的小米饭还没有蒸熟。卢生无比惊讶："原来我不过是做了一个梦呀！"吕翁道："人生之道，不过如此而已。"

卢生沉吟良久："夫宠辱之道，穷达之运，得丧之理，生死之情，尽知之矣。此先生所窒吾欲也，敢不受教！"言毕拜谢后离去。"富贵荣华五十秋，纵然一梦也风流。"于是卢生的"黄粱一梦"，便成了世上最著名的一个梦。明嘉靖三十三年（1554年），由道士出身的国师陶仲文出面，不惜动用国库的储备，重修吕仙祠，嘉靖皇帝还敕赐"风雷隆一仙宫"的匾额。一百多年后，清康熙、乾隆两代皇帝又两修吕仙祠，扩大了它的规模。可见历代皇帝是多么重视卢生的这个梦。是他们自己喜欢此梦，还是希望他人皆在这样的梦中？同为清人的屈复似乎道出了个中原委："梦作公侯醒作仙，人间愿欲那能全。从知秦汉真天子，不及卢生一饷眠。"

事变几沧桑，尘缘却并非全是梦幻，情到深处幻亦真。现代人更是顺理成章地将吕仙祠又开辟为"中国梦馆"，从史料中精选出四千余种梦，编成《梦典》，分为名人梦、发财梦、帝王梦等诸多门类，供现代人各取所需。商品社会未免太看重功利，人们就更渴望美梦成真。今人又因为太过实际，而美梦做得越来越少，于是到"梦馆"里来寻梦的人非常多，旅游旺季以及高考时节，人满为患。这就越显出吕仙祠这座中国首屈一指的"梦文化博物馆"的重要，于是它被列为"国家AAA级文化旅游景区"——这可不是做梦，是因梦获荣。

"梦馆"中最为吸引人的是完好保存下来的卢生睡像，它由青石雕成，线条精细，侧身而卧，两腿弯曲，头垫瓷枕，双目微闭，睡梦正酣，神态悠然，似乎仍沉浸在美梦中不愿醒来。游人看客都喜欢触摸一下这位梦中人，或是出于好奇想把他唤醒，或也想沾点仙气让自己也能做个美梦。当地流传着这样的顺口溜："摸摸卢生头，一生不用愁；摸摸卢生手，什么都会有。"不犯愁还会有梦吗？卢生因愁才"一枕黄粱"，愁时如梦梦时愁，醒来疑假又疑真。至于"什么都会有"，恐怕也只能是在梦里。

　　人不可无梦，世上原本就没有不做梦的人。如汤显祖所言："梦中之情，何必非真，天下岂少梦中之人耶？"在这里，我们不妨改一下古人的名句："设若落拓邯郸道，可与先生借枕头。"要寻梦，到邯郸。想做好梦，更要到邯郸。邯郸，不愧是现代"梦都"。

以马为师

狗咬人不是新闻，人咬狗才是新闻。人驯马不足为奇，马驯人就有点不同一般。实际上在人育人不能奏效的时候，求助于马往往会有奇效。

前几年有一本英语畅销书《马语者》，讲的是人与马沟通的故事，救一匹马实际上是在救一个姑娘、救一个家庭，乃至可以借助动物拯救现代人的心灵。

这本书在哲学和心理学上的意义远远大于其文学价值。美国科罗拉多州监狱不知是不是受了它的启发，用马来帮助改造犯人，收到了意想不到的效果。犯人一般都对管理他们的监狱人员怀有抵触情绪，对马则不会。他们疑心大、戒备心强，对同类怀有一种憎恨，不愿意跟人沟通。对畜类则不必，自己再坏也是人，总比畜类还要高一个等级。

监狱里明明是借助马来教育犯人，话却要反过来说，是让犯人驯服野马。最后到底是谁驯了谁，要看结果。结果是犯人们通过驯马，无一例外地都爱上了马，他们白天驯马，晚上阅读驯马的书籍，看有关驯马的录像资料，简直入了迷。

马实在是一种可爱的动物，母马怀胎11个月才生小马驹，每胎只生一个，比人还金贵，天生就懂得优生优育。农民管马叫"大牲口"——这一个"大"字足以突出马的高贵和灵性，历史上良马救主的事不胜枚举。马通人性，人越通马性越感到马的善良和值得信赖，犯人们在一种自视优越的感觉中不知不觉地接受了马对他们的教育。

犯人从驯马中体会到任何管教都不是一件容易的事情，懂得了无论是与人还是与动物沟通都是一种技巧。他们有了责任感，有了耐心，生活中也有了一个目标。当他们将来再回到家里和社会上的时候，就会用这种耐心面对生活了。

马不光成了监狱里不说话的管教者，也被一些中学拉去当了助教。城市的孩子大都没有接触过真马，学校开设生命科学课程，教他们懂得动物的行为、繁殖、卫生，让他们养出一匹健康快乐的马。这一下子把总是惹是生非的学生、有特殊问题的学生以及天资聪颖的学生都吸引到一起。

乔治亚州的西贝因布里奇中学，自从有马协助教学以后，学生的学习成绩上升了32%，缺课率降低了2/3，公开说"喜欢上学"的学生由过去的25%提高到95%。第一个把马牵进学校的教师西蒙森说："这些孩子大部分操行有问题，但是为了能控制五百公斤重的马，首先必须学会控制自己。这就是我们的出发点，这是个缓慢的过程，关键是让每个孩子都有归属感。马只是用来吸引他们的。"

在民间传说的"六道轮回"里，人最高贵，今生犯了不可饶恕的罪过，下一世被罚做畜生。有人受了人家的恩德无法回报，也喜欢说"下辈子当牛做马来报答"。现代人聪明，不必等到下辈子了，这辈子灵魂出了毛病，诊治获效甚微或无药可医了，就求助于畜生。

"人最高贵"是人类自己这么说的，人类还有一句话叫作"卑贱者最聪明"。以前是人类利用、虐待和猎杀动物，现在该轮到人类接受动物的调教了。这不是退化，而是一种进步，至少证明人类认识到了自己的愚蠢。

而动物们也确实变得越来越聪明，学会了跟人类周旋，甚至敢于同人类对抗。不只是马，也不一定非得在监狱里或课堂上，只要留意，处处都有动物教育人的事情。

耕牛应该说也是最温驯不过的动物。有个二流子似的农民，家里唯一值钱的就是一头牛，他没事老拿牛撒气，打牌输了钱要打牛，喝了酒要打牛，受了别人的气也要打牛，有一天耕牛不堪凌辱，回头顶死了那个二流子。

海鸥看上去也是一种很讨人喜欢的鸟。辽宁瓦房店一个姓张的渔民抓了一只海鸥后，立刻有成千只海鸥飞来攻击他，在他的头顶上黑压压的，像一个轰炸机群。海鸥叼走了他的帽子，啄伤了他的脸，直到他放了那只被捉的海鸥，攻击才停止。

俗语说："兔子急了还咬人。"现在，濒临绝境的动物们全都有点急了。如果人类还没有认识到这一点，往后可就够喝一壶的了。

寻找西北风

古谚称世间万物中有九种至宝:"天有三宝日、月、星,地有三宝水、火、风,人有三宝精、气、神。"这九种宝贝不是各自孤立的存在,而是相互关联和依赖。

比如今年刚入冬,京津冀雾霾肆虐,偏偏又缺少冬天最不该缺少的风,以至于20多天见不到日、月、星,人的精、气、神自然也大打折扣,经济损失和对健康的损害姑且不论。我一直奇怪,过去一到冬天人们都怕寒潮,怕西北风,寒潮却一个接一个,几乎天天是大西北风。

我曾在城市的北郊上班,那时年轻力壮都从心里犯怵,早晨顶着大风要蹬上两小时的自行车,每天赶到车间后贴身的衣裤全被汗水浸湿了。如今天气稍一转凉,浓雾重霾就汹涌而来,弥漫天地,于是人们像过去干旱求雨一样天天祈盼西北风,祈盼寒潮。西北风却变得金贵无比,架子极大,或者偶尔来一点,软弱无力,根本奈何不了嚣张而又死缠烂打的雾霾;或者像抽风一样突然大冷一下,但来去匆匆,不能持续。那种连续刮上好多天的"大西北冽子",更是多年见不到了。于是半年前我参与了一次"寻找西北风"的旅行……

那是盛夏末伏,闷热难挨,不仅通身是黏的,连呼吸都是黏的。以前当人们热得快受不住了,就会下点雨、刮阵风,如同农村闹几年灾老天爷便会给个好年成一样,总得让人能活下去。如今却整个伏天无风无雨，人就难熬了。惹不起，躲得起，搭朋友的便车直奔自古有"风都"之称的乌兰察布，去寻找清风。这位朋友曾在乌盟（即乌兰察布）待了18年，在车上我向他请教，中国有煤都、钢都、镍都等，俱是盛产一种实实在在的东西，风这种东西没有根、没有形，想来挡不住，想走留不得，怎么也会有个"都"？

朋友反问，谁说风没有根？乌兰察布的风就有根，过去一年到头就刮一场风，从初一早晨刮到大年三十夜里。到乌市找风是来对了，乌兰察布虽然处于内蒙古的中心，却是北京、天津的上风头。果然，车一进乌市境地，身上顿觉清爽，喘气都痛快了，车窗外的景色也越来越好看，地是绿的，山是青的，天则一会儿阴，一会儿晴，有块云彩就下阵雨，把全车人的心情都冲洗得洁净疏朗起来。

此后在乌兰察布的几天里，气候大抵都是这个样子，清凉自不必说，但狂风、大风也极少，"风是雨的头"，大多是说风就是雨的好风。农谚云："晚上下雨白天晴，打的粮食没处盛"！有这样的气候，乌兰察布自然也是林木青翠，草场繁茂。大自然的喜怒无常、厚此薄彼着实令人费解，南方多雨自不必说，北部竟也风调雨顺，为什么唯独华北这块中间地段缺风少雨、干旱酷热？

几天后我们投身大草原，特别是辉腾锡勒（意为"寒冷的山梁"），它位于北纬41°，面积达600平方公里，是地球上稀有的"高山草地"。置身草地，最引人瞩目的景观却不是杂草和各色野花，而是风力发电机的高大叶片，像巨型的三瓣魔花，开遍漫山遍野。风小小转，风大大转，狂风飞转，草原上空如同布满了极速旋转的大刀片。

我一下子理解了气象学家的一个观点："风力发电偷走了中国的西北风。"其实不是"偷"，是抢，是扣留，或者叫噬毁了西北风。不管是什么样的风，即便是龙卷风，其力量全在一个"卷"字上，形成了团，拧成了旋儿，才可摧枯拉朽，横扫一切。然而无论多么强烈的风，一刮到这儿即刻就被切碎了、打软了,变成零散的风丝,力道顿时消解。

乌兰察布就是这样把自生的和路过的所有大风,全留在了此地,把过去一年到头刮不完的一场大风,零刀碎剐地变成了一阵又一阵的"和风细雨"。自然也不会产生什么"蝴蝶效应",因为连鸟都没有,无数飞旋的风刀霸占了天空,所有能飞的禽类都躲得无影无踪了。

乌兰察布如此,内蒙古其他地方也如此,新疆更是如此,在整个中国的上风头竖起了一道道、一层层的风电网,处于下风头的地方,也就只能捡一点被用过的、疲软的、漏网的碎风。现代人抢水、抢地、抢太空(天)……如今又开始抢风了。

字如其人

人文情怀的流淌，总是精彩纷呈、意蕴深长。当打开书，古今名人列队来到你的面前，见字见人，见情见心，其性格、学养、风貌、命运跃然纸上。至情至性，人文俱妙，真切而动人。

这里揭示了一个问题：名人未必都有人文情怀，但凡有人文情怀者，才是真名人。其学识修为与字迹往往成正比，学养深厚者，大都写一手好字。鲁迅、顾颉刚、范文澜、茅盾、饶宗颐、赵清阁、钱锺书等，随便写的便笺、手札都是书法妙品。

盯着吴荣光信笔写下的诗札，你的眼睛就不想挪开，不能不惊叹汉字竟然可以写得这么漂亮！那份清雅，那份风神，那份书卷气，令人赏心悦目，又肃然起敬。他身世坎坷，26岁中进士，曾捐款组织团练抗击英军入侵广州，后官至内阁军机。其书法被康有为誉为"清朝广东之冠"。我怀疑，清朝时的广东第一，若放到现在，恐怕就是全国第一了。

过去"读书"和"写字"是连在一起的，做学问必须用笔，学者也是书家。无论治文治理，越是大家，字也越有味道。如今越是有本事的人，越类似机器人，以电脑、手机等现代高科技通信设备，取代了传统的书写工具，在生活中基本远离了书法。即便是喜欢书法的人，也常常还没有把汉字写好看，就抄近路开始求变、出奇、出新，凸显个性，作丑作怪，歪七扭八，使汉字失去了美感，像丢了魂儿。

你看梅兰芳的楷书，像极了他本人在舞台上最出彩的时候，端庄大气，又清秀娟丽。那是下过真功夫的，力道工整，风格雅正。现在不少职业书法家也未必能够写得出这样一手楷书，更绝非现代一些明星靠聪明劲儿的龙飞凤舞或"鬼画符"可比。因此，他才敢在抗日战争爆发后，蓄须明志，决定以卖字画为生。尤令人称道的是他的厚道和谦恭，他送给马连良的楷书条幅抄录了北宋贺铸的词，里面有这样的话："临风慨想斩蛟灵，长桥千载犹横跨……元龙非复少时豪，耳根清净功名话。"

"四大名旦"之冠与"四大须生"之首间，能有这般恭敬和友情，是留于青史的佳话，也是一切想成为大家的艺人必须追慕的境界。

多才多艺的张伯驹，独创"鸟羽体"，看他的字，果然是满树小鸟，花枝乱颤。不禁让人想起他的命运：他曾与袁克文、张学良、溥侗并称"民国四公子"，诗词歌赋、琴棋书画无不精通，还是独一无二的收藏大家。说他"独一无二"，是指在1956年，他就将他收藏的晋陆机《平复帖》、杜牧《张好好诗》、黄庭坚《诸上座草书卷》、展子虔《游春图》等八件国宝级的珍品献给了国家。至今《平复帖》和《游春图》还被收藏于故宫博物院。

然而，他1956年献宝，1957年便被打成右派，衣食无着，连陈毅都愤愤不平："乱弹琴，张伯驹把那样的珍宝捐给国家，就是砍了我的脑壳，也不会相信他反党、反社会主义！"也正是由陈老总向自己老部下打招呼，张伯驹夫妇才去吉林博物馆讨得了一份生计。"文化大革命"爆发后，张伯驹夫妇被遣送到一个偏远的乡村，生活极为艰难，在一个好心人的帮助下夫妇俩又逃回北京，却失去了工作和户口。陈毅去世，张伯驹送了一副后来被广为传抄的挽联："仗剑从云作干城，忠心不易，军声在淮海，遗爱在江南，万庶尽衔哀，回望大好山河，永离赤县；挥戈挽日接樽俎，豪气犹存，无愧于平生，有功于天下，九泉应含笑，伫看重新世界，遍树红旗。"

　　这联在追悼会现场引起毛泽东的注意。毛泽东向陈毅夫人张茜打问张伯驹与陈老总的关系，方知陈一直尊张为老师，去世前还给他写信称："你是我的好老师，使我学到很多东西……"张茜也借机向毛泽东讲了张伯驹夫妇的窘境。于是毛泽东当场嘱托周恩来解决张伯驹夫妇的工作和户口问题。

　　张伯驹匠心独运、自成一家的"鸟羽"字，弯多、拐多、多姿多彩，优雅灵动，难道真就成了张伯驹命运的写照吗？都说"字如其人"，或许不谬，至少可激励人们要努力将字写好。

　　墨迹如同人生轨迹，字写得好，有益于争取好的命运。一幅墨迹，就是一种人生、一段传奇。

名字的疯狂

"黄帝正名百物。"世间凡是物件,都有自己的名儿,没有名儿的就不知是什么东西。人是万物之灵,名字自然就尤为重要。中国人历来对起名字非常讲究,名字是"名"和"字"的合称。如老子,姓李,名耳,字聃,谥伯阳。韩非子说:"夫立名号,所以为尊也。"当年秦始皇统一中国后,谋臣们先劝他给国家定名:"今名号不更,无以称成功,传后世。"

可见,名字对一个国家、一个朝代、一个家族以及一个人是多么的重要。眼下到了做梦都想升官发财的年代,人们自然就更重视名字了。《说文解字》里解释:"名,自命也。"现代顺口溜也说:"不怕生坏命,就怕取坏名。"所以,现代人为了给自己改个好名字,或者给子女起个好名字,真是绞尽脑汁:测八字、查生辰、翻词典、问先生……恨不得名字一诞生就万事大吉、功成名就、财源滚滚。

报载一对年轻的中国夫妇,出于一种复杂的心态给自己的儿子取名"万岁"。趁着现在没有人自称万岁,也没有人喊万岁了,何不捷足先登把"万岁"这两个分量最重、意味无穷的字占住?但万岁没有喊多久,就遭到周围人和亲戚朋友的强烈嘲笑,后来简直就弄得无法让孩子见人,不得不重新给孩子改了个极其普通的名字。心理学家的调查结果证实,父母在给孩子起名字的时候,会不期然地显露出自己的本性,反映出他们自己的人生追求、价值判断、生命定位以及许多性格特征。

美国的《读者文摘》也讲了一个类似的故事：巴西有个一直渴望当官却怎么也升不上去的小公务员，有了儿子后给他起名叫"部长"。他以为让儿子叫"部长"就真是部长了，想借儿子补偿自己的官场失意。孰料儿子长大后不仅没有沾上"部长"这个名字的光，反而到处找不到工作。因为谁也不想雇个部长，成天"部长、部长"地喊着，叫外人一听，不知到底谁大。就这样，年轻人被耽误了前程，后来想改名字已经晚了。

他父亲到临死的时候安慰他说："你没有什么可抱怨的，有那么多重要人物为当上部长争得你死我活，成天望着天空观察是否能福星高照。而你呢，却已经是部长了，你一直是部长，生下来就是！这是你的权力，你不必依赖任何政府，可以永远是部长，一直到死！"说完，父子俩抱头痛哭。

有人说名字就是符号，叫什么都行。符号就是标志，这个标志可非同一般，要伴随你的一生。你有什么符号就吸引什么信息，在信息时代，你有什么信息就会有什么命运。你不是部长叫"部长"，不能万岁叫"万岁"，以前叫"万岁"的人都死了，靠这个名字吸收到的不是长寿，而是一股腐朽和死亡的气息。再说，既然是符号，名不符实，名实分离，生命永远处在分裂状态，这个人的生活能好得了吗？

起个普通的名字，通常反映了其性格朴实、随和，容易融入社会。有人甚至还故意求俗，大俗大贵。如叫"狗剩"，说不定更长寿，叫"铁蛋"，会结实、健康。名字起得深奥，是追求超凡脱俗，拒绝潮流。起个怪异的名字，体现了父母望子成龙的野心，希望子女将来能成为让人瞩目的焦点人物。根据流行的时尚起名字，显示了父母赶时髦的癖好，通常思想开通，善于交朋友……总之，世界上没有人会对自己和子女的名字马大哈。外国人也一样，由于他们的名字更麻烦，写起来一长串，平时为了简便，就把几个字头拉出来，以缩写代替。这一缩写不打紧，就是怕写一长串原名的时候是一种意思，缩写后容易变成另外一种意思。比如美国的前总统肯尼迪，其全名是 John Fitzgerald Kennedy，缩写后就只是 JFK。

去年，美国行为医学学会（其缩写是 SBM）第十九届年会上，专门讨论了"姓名和寿命的关系"，详细研究了加州自 1969—1995 年的死亡者的死亡证明书。得出的结论是：姓名缩写含贬义的男性，如 PIG（猪）、BUM（屁股）、UGH（呸）、DIE（死）、SAD（悲伤）等，比姓名缩写毫无意义（不好不坏）者平均短命 2.8 岁。而姓名缩写是褒义的男性，如 JOY（欢乐）、LOV（爱）、WIN（赢）、WEL（健康）、WOW（巨大成功）、LIV（生活）等，比姓名缩写无意义的男性平均寿命又增长 4.48 岁。

这就是说，姓名含褒义比姓名含贬义的男人平均要多活 7.28 岁。美国的行为医学专家们自然不是在搞迷信，他们把人的种族、性别、死亡之年、社会经济状况以及父母忽视等原因综合起来，仍然无法解释新研究的成果。报告说："惊人的发现是，父母给孩子起的名字似乎可以改变孩子今后的死亡原因及时间。姓名缩写贬义者，不仅寿命较短，而且所患疾病的种类也更多，意外死亡发生率最高。"

这就是所谓符号的意义。一个人的符号就是这个人的社会存在，有什么样的存在自然就有什么样的生活。以前，孩子多的家庭顾不过来，有时就马马虎虎地随便给孩子安上个名字。也有个别人出于某种原因不喜欢自己的孩子，故意给孩子起个下贱的或出洋相的名字。现在生存竞争十分激烈，要个孩子不容易，金贵还金贵不过来呢，哪肯在名字上马虎！倒是应该防备金贵得过了头，想一"名"惊人反弄巧成拙。

现代人不仅给孩子起名字要花样翻新、拼命拔高，在给自己的公司和业务项目命名时也要云山雾罩、胡乱标榜。如歌舞厅要叫"富豪王"

"凤和凰"；洗浴房起名叫"梦里水乡""重返伊甸园"；住宅小区的名字就更邪乎了，什么"动感之都""钻石广场""金尊山庄"……甚至连饭馆的菜名都出现了"波黑战争"——菠菜炒黑木耳，"悄悄话"——凉拌猪腰子和猪耳朵等名字。

真是疯啦！如今疯狂也是时髦。所以，要了解现代人和现代社会时尚无需太费事，只要留意一下周围五花八门的名字，就能知道个大概了。

绅　　士

我有一友名新华，他天赋惊人，年少时偏赶上无学可上、无书可读的特殊时期，其遵父命竟能背诵下来整本的《新华字典》。后来他成为编剧，写过一些曾轰动一时的影视作品，也是第一个获得美国戏剧奖的中国剧作家。1999年初秋，上海派出一个豪华的电影代表团访问台湾，团长是谢晋，团员有孙道临、张瑞芳、秦怡等十几位声名赫赫的电影界泰斗级人物，团中唯一的电影编剧就是新华，可见其创作成就及影响力。此文要谈的是他向我讲述的在台湾的一次历险感受。

或许是这些人物的分量太重，无论来去动静都小不了；或许是台湾影迷热情过高，团里大部分电影界大明星在三四十年代已是星光烁烁，中年以上的台湾人应该会熟悉他们、想念他们，他们的来去所引起的轰动自然非同一般。在他们将要离开台北的最后一个夜晚，准确地说是当天凌晨，台湾发生了半个多世纪以来最大的地震，通称"9·21"大地震，震级7.6。代表团的成员都住在酒店的十层楼以上，大楼摇晃剧烈，有顷刻就会坍塌之感。

新华从床上被摔到床下，立即清醒，意识到是地震，而且是强烈的大震，在摇晃中穿着睡衣就跑出门外，没敢乘电梯，经楼梯从16楼跑到酒店广场上。周围还一片空荡荡，他是第一个逃生出来的人。紧跟着跑到广场上来的，是一对年轻的美国夫妇，各围着一条大浴巾。待到有服务生来到广场，美国小伙子从浴巾内掏出钱包和房卡，从钱包里抽出三百美元，连同钥匙牌一起递给服务生，希望他能上楼拿出他们的衣服和行李。服务生犹豫一下，决然地接过美元和钥匙，转身又跑进大楼。这不能说全是美元的作用，还有为客人服务的精神并未被大震震垮。

当时还有余震，在广场上都能听到从大楼里发出的"叽哩咣当"的声音，也不断有客人从楼里逃出来。广场上的人越聚越多，不一会儿，服务生两手推着两个行李箱，腋下夹着大包小包的衣物从楼里出来了。美国夫妇称谢不已，当众穿好衣服，推着行李箱打车去了机场。这应该是一对经常旅行、处变不惊的夫妻，他们慌忙中逃生可以不穿衣服，却不忘带上钱包和房间钥匙。新华好学，不免心中惭愧，自己倒是跑了个第一，除去房卡却什么也没带出来。

酒店大楼显然已经变得疏松，门窗破碎，楼角倒塌，楼外的附属物被撕毁，整幢大楼已摇摇欲坠。楼内没有受重伤的客人们，似乎也都逃出来了，上海电影代表团的成员中只剩下87岁的刘琼还没下来。大家十分焦急，尤其是团长谢晋，他深知刘琼性格沉稳，但大家等待的时间之长，似乎早已超过了他沉稳所需的时间。

刘琼自三十年代成名，电影、话剧演过无数，近几十年还演过名震一时的《海魂》《女篮五号》《牧马人》，导演过《51号兵站》《阿诗玛》《李慧娘》等，是新华心目中神一样的人物。自己又是团里最年轻的，想学酒店服务生上楼去看看刘琼，但不知他住在几层几号。住房登记表在团长屋里，没有带出来，在大震的慌乱中，谁还记得准别人的房间号？

渐渐天已大亮，团长让新华去求助酒店服务生，查找刘琼的房间号，然后上楼去找。就在此时，刘琼老先生腰身笔直，手里拉着轻便行李箱，头发梳得一丝不苟，西装领带穿戴得整整齐齐，连脚上的皮鞋竟然都擦得锃亮……八十多岁的人，看上去仍然气韵俊逸、独具风标，一副"湿衣不乱步"的从容神态，缓缓从余震未息的大楼里走出来。

一时间，广场上的人都在看着他——这种魅力，要经过怎样的命运和时间的磨砺，才能焕发出来？这场大地震简直就是为他此刻的出场做铺垫……电影团的人拥上去，有庆幸的，有欢跳的，有抱怨的："我们都快急死了，你老先生竟然还有心思捯饬得这么漂亮？"

刘琼似抱歉地微微一凛："我母亲告诉过我，人在临死的时候一定要把自己收拾整洁。"

原来在地震发生的时候，他并没有惊慌失措地先想到逃命，仍然行止有度、从容不迫。

新华在心里暗暗叫好："我终于见识了什么叫绅士！"

桃源处处桃花源

这个题目有点绕，桃源不是桃花源吗？前者指桃源县，后者是陶渊明笔下的世外桃源。现实中的桃花源，就在桃源县腹地。

人活着，皆称"世人"，即活在当世，活在世俗之中。然而古往今来，无论是高高在上的还是普普通通的、功成名就的还是穷困潦倒的、春风得意的还是失魂落魄的，无不向往世外桃源。

一千六百多年前，"不为五斗米折腰"的陶渊明，在今日的江西九江过着"采菊东篱下，悠然见南山"的日子，也算是优哉游哉的了，却依然祈望能有一个世外桃源。于是他将自己的梦想附着在一个听来的故事上，写成了《桃花源记》。

这一下不得了了，天下人梦中的世外桃源，竟有了现实版。于是，文人骚客、帝王将相和各类游客，根据《桃花源记》里的描述，一次又一次地顺沅江而下，按图索骥地寻找心目中的净土。

诗仙李白是绝对不会错过的，但他认定自烟溪口以内，都是《桃花源记》里所说的世外桃源："昔日狂秦事可嗟，直驱鸡犬入桃花。至今不出烟溪口，万古潺溪二水斜。"

千里沅江，自贵州云雾山的鸡冠岭直冲而下，穿过崇山峻岭、峡谷险壑，骤然进入湖南，地势渐缓，情致渐奇。随之又吸纳数十条溪流，到达沅陵东界时，水面宽阔和缓，气象雍容幽美，从每一个溪口进去，都像是世外桃源。

王维到此就神思迷醉，或坐，或行，或远眺，或近观，直觉无处不是桃花源："坐看红树不知远，行尽青溪不见人……遥看一处攒云树，近入千家散花竹。"

韩愈却直奔主题，还未见桃花源就先被这里的桃花迷住了："种桃处处惟开花，川原近远蒸红霞。"

经国学大家陈寅恪考证，《桃花源记》是写实的。但神奇的山水必然会派生出许多神话传说，这里的鲜桃甜美无比，上贡天庭。于是玉帝率各路神仙巡视桃花源，在沅江边留下"雌雄剑"以镇邪驱妖，保佑桃花源祥和安宁。双剑顷刻化作对峙的两座大山：壁立千仞，陡如刀切，山顶古木森森，笼盖四方；山腰为五彩丹霞，光芒闪烁；山脚溪流环绕，宛若飘飘绿带。一位和尚通过一个农妇的罗裙，将桃花源的仙景印到菉萝山绝壁上，是谓"菉萝晴画"。笔架山下诚实的樵夫，千辛万苦送银到长沙，寻找一个叫"公平"的人……于是民间便流传开来这样一句话："桃源人诚实，长沙人公平。"可见，青山碧水、天上人间，似乎都在呼唤一个地名的产生：它包括桃花源，又便于人们寻找世外桃源。在《桃花源记》问世六百年后，于宋乾德元年（963年），建桃源县。

"桃源"两字显然取自"世外桃源"。桃源县面积近五千平方公里，沅江中游的下段，尽在桃源县中，烟波浩渺二百里。世人若想寻找桃花源，尽可到桃源县来。

于是，称"渊明吾师""欲以晚节师范其万一"的苏东坡来了，他确实是到世外桃源来寻求平平常常的恬静与舒淡："桃花满庭下，流水在户外"；宋徽宗的圣旨到了，里面装的不是命令，而是用他著名的"瘦金体"为桃源的桃花山寺院题写的"桃川万寿宫"；清帝乾隆在大臣纪晓岚和翰林院学士周昌国陪同下来了，并为桃源的星德山钦题"南天门"匾额……

但，最值得一说的，还是明代公安派文学大家袁宏道的到来。他先是以为桃源古城就是世外桃源："闹处云常至，僮来鸟亦随。仙人成邑里，烟水作城池。"在烟水城里做仙客，难免流连忘返，他看的地方一多，竟以为自己又发现了一个更大的桃花源：从菉萝山脚的溪口进去，直至水心岩——那就是夷望溪，其水面宏阔，为沅江第一大支流。溪中兀傲地矗立着夷望山，四围峭壁如削，平滑无寸肤，水啮其趾，跃波而出。《水经注》载，昔有蛮民避寇居之，于此瞭望敌情，故谓之"夷望"。

百里夷望溪，至此停蓄深沉，碧波涟漪，随后一次次地被岸束之、岩挡之、沙回之，或自相激射，或强纳疾旋，或瞬息万变。溪不一形，倏直倏曲；波不一声，时喜时怒；水不一色，忽白忽绿。水中除夷望山，还有水心岩、龙门砥柱、大小孤山等，"水逼削四方，环山皆水，环水皆山，周遭映带，以相逼而见奇"。

山上危岩特起，鸟道插天，俯瞰碧波，辉光万顷，倒影幢幢。溪水两岸有群峰护持，云雾缭绕，林木翕郁。在山峰与水面的交界处多洞，有迎神洞、龙角仙殿等，还有一些人迹罕至的神秘洞窟，入水数丈，飞沫溅空，声如奔雷——焉知此处不是神仙洞府？明人阙士琦说得好，人声貌气，自成淳古。邱荒栈断，野水闲云之处，是真正的世外桃源。

看来，李白、王维和袁宏道等都是对的，桃源处处都是桃花源："山有容空地，溪无不怒时。偶然岚翠起，一县绿离离。"桃花源，就是人们心目中的世外桃源，是多梦的时代人类共同的梦境。

千年传奇"江之阳"

江阳,"酒城"泸州的古称。当地还流行一种昵称:江之阳。

古云:山之南、水之北曰"阳"。长江自青藏高原的唐古拉山脉主峰一路倾泻南下,至江阳从南面抱城而过,并顺带吸纳沱江,方开始转头东奔。这条亚洲第一长河,横贯中国6300公里,两岸像模像样的城市不下数十座,唯江阳占全了"江"与"阳"两个字。

"枕带双流,据江洛会。"因水而生,以水为性。肘江负山,以火为形。得风气之先,又兼具滚滚江水的劲势。长江成全了江阳,江阳对长江的格局与气韵的形成又至关紧要。于秦时造城,汉代置郡,兴于宋明,尝有"北宋看开封,南宋数江阳"一说。当时老窖酒已香飘四海,城里城外,招牌林立,"城下人家水上城,酒楼红处一江明",其繁华可见一斑。至清代已成"西南要会",改建城橹,鼎新雉堞,炭然周遭,雄冠西蜀。

城市一出名就变大,城市越大越需要一个中心,是谓"城中之城"。江阳便成了拥有"浓香鼻祖,酒中泰斗"的泸州心脏。恰逢江河文明进入鼎盛时期,江阳本就是山水城市,有广阔的滨水空间,应时顺势建起了西南第一个自立式综合码头,被列为重要的商业口岸。四海八荒,物畅其达。民谚称:"装不满的泸州,填不满的重庆。"即在江阳不停地装,到重庆不停地卸。

这还不算奇,偌大一个文明古国,千年古城总有几座。但,从曾经的繁华与辉煌转型为极度适合现代人居住的城市,江阳即便不是首屈一指,恐也排在前列。这固然要有大数据支撑,但更需百姓认可,要有佳话在民间流传。物质过剩的商业社会,人们却奇怪地缺少幸福感,以至于记者们举着话筒在大街上一遍遍追问路人:"你幸福吗?"或许是受此启发,国家民生机构组织问卷调查,借以测选中国"幸福指数"最高的地方是哪里。为保证能公正地得到一个真实的数据,规定每台电脑、每部手机只能投票一次,其调查结果发布在《2016幸福中国白皮书》上,江阳得票第一。

早在1995年,国家就颁给江阳"国家卫生城市奖"。2000年,联合国又送来一个令世界许多国家艳羡的"改善居住环境最佳范例奖",此后还有"森林城市""园林城市"等诸多封号送过来。在普天下都在怨怼生态毁坏惨重、环境污染严重的情势下,江阳的独善其身,难道不令人称奇吗?那么,是江阳天生自然条件好,是谓"天赐",还是后天人之所为?抑或是兼而有之,天不负人,人不负天?

民间有个说法流传甚广:"江阳的水土养人。"再问一句:"如此'养人'的会是怎样的一种水土呢?"先说水。江阳的地表水资源当然以长江为主,此外还有沱江、倒流河、渔子溪等计29200亿立方米,再加上5699亿立方米的地下水,其水资源总量为34800多亿立方米。这组数字能表达一个什么概念呢?2017年北京的水资源总量是29.8亿立方米,人均137立方米,而世界人均淡水量是8400立方米。世界缺水,中国尤甚。国际上一些重量级学者一再放言,下一次世界大战不是为抢油,而是抢水。事实上已经等不到大战爆发,许多年来为了争水,村与村、镇与镇,乃至县与县,结怨甚多。泸州每年入境水量为2421亿立方米,出境水量却是2946亿立方米,不是从长江截流,而是向长江输送了520多亿立方米的水。而江阳区境内长江由西向东横贯全境,左纳沱江，另有倒流河、渔子溪等溪河，蓄水量大，注入长江，这对成就长江下游的雄浑壮阔之势，厥功至伟。

别处缺水，江阳何以水用不完呢？因其地处"天府之国"四川盆地南部，下有河网纵横，上有群峰护卫。镇镇有山，县县有水，处处依山傍水，山水辉映。据传，明建文帝曾站在方山之巅数出江阳有九千一百座翠峰，从这些峰峦上流下来的可都是净水、矿泉……自古以来天下以水为净，水量丰沛，地下自然不会像北方那样，因过量打井形成一个个巨型漏斗，大量工业污水得以被偷偷注入地下。所以水越多，越干净，越是缺水，污染越重。古训认为"滴水"是"恩"，在严重缺水的现代社会，尤其如此。可见江阳之水，既是上苍对江阳的厚爱，也是江阳之德。

所谓"水土养人"，莫如说是"水养德，德养人"。

"水"如此，再说"土"。人们大多只知中国有黄土、沙土，东北是黑土，云贵多红土。被誉为"天府粮仓"的江阳，竟是紫土，俗称"水稻土"。厚约60厘米，土壤适宜，肥力较高，宜种性强。一片片数万亩或数千亩的河滩地，被打理得十分齐整，与川江搭配成巨幅图画，美不胜收，令人叹为观止。凡对农村有一点点感情的人，看到江阳的土地，都会从心底生出无限欣慰，恋恋不舍。

而江阳之"阳"，又是以山为背景、为依托的。古时便有"三山五庙不出城"之说。其实还有玉蟾山、乌蒙山、忠山、方山、笔架山等。仅一座方山，就令世人千秋万代难以描摹。其形八面，面面皆方，方方正正，巍峨高耸。上面古木参天，郁郁苍苍；下瞰两江，江江如练。汇势聚气，景象万千。"天下名山僧占尽"，这样的好山自然少不了古刹、名刹，江阳至今尚存48座寺庙，深锁于淡烟乔木之中。其中峰寺里有世界独一无二的黑脸观音，其妙相庄严，香火鼎盛。佛因山兴，山因佛名，难怪清康熙至此，兴奋异常，挥毫题匾："第一名山"。

有什么样的水土，就会有什么样的物产。江阳盛产糯米、高粱、玉米……于是，粮食的菁华——老窖酒在古江阳诞生了。老窖酒至秦汉成型，于唐宋大兴，浓香甘烈，回味无穷，后来被尊为"中国白酒鉴赏标准"。于是，以江阳为"核"的泸州，与赤水、宜宾成为"中国白酒金三角"上端的一角。人们常说，长树的山里无矿，荒山秃岭埋宝藏。有着"佛宝国家森林公园"之称、大面积原生黄荆老林的江阳诸山，不仅极目葱茏，绿波滚滚，下面竟矿藏丰富，世所罕见。也因此成就了江阳之谜：这样一个优美的山水古城，产美酒以醉人是合情合理，天遂人愿；谁能想得到，江阳竟然还是西南大型机械制造中心、新兴能源产业基地。这可是支撑国家经济发展的支柱型产业。一个城市的"幸福指数"，不能没有自豪感。而自豪感，来源于活得好和成就感——即对自身存在价值与贡献的欣慰。

然而，都说"一方水土养一方人"，国内乃至世界，辜负甚至毁坏了好水土的例子数不胜数，为什么千年古城江阳的好水土，能将人养好呢？江阳之谜很多，有谜才有传奇。比如张坝桂圆林，占地4500余亩，百年以上的桂圆树15000余株，树龄最长的已有360多年。而桂圆树，越老肉质越佳。从张氏先祖发现长江在江阳形成的"几"字形套窝里最适宜种植桂圆，种出的桂圆甜美多汁，距今已传至第十五代。这是全国最大的一片桂圆林，也是国家唯一的"桂圆种质基因库"。其间还杂有数千株荔枝及楠木等树种。这么一大片少有珍贵的古木园林，管理得竟像没有人管的野园。浓荫重重，有通幽的曲径，也有较敞亮通透的明道；古木奇形怪状，闲花五彩斑斓，满园野趣，又不失洁净美适，令人流连忘返。

每年自夏至秋，园内香飘四野，荔枝先熟，桂圆随后，硕果压枝，累累团团，摇摇欲坠，除果树的主人采摘，无人看管，也无人偷摘。全园没有一幅强制性标语，诸如在许多大公园乃至名园里随处可见的"不许采摘果实！""不许攀爬树木！""不许毁坏果木，违者重罚！""不许乱丢垃圾、践踏草坪！"等，不一而足。张坝桂圆林外没有围墙、铁网，园内没有隔离性的栅栏，任何人随时随意都可进入。园内可散步，可健身，可休闲娱乐……园内的果木属于不同的私人产业，许多年来无人发现有丢失、损坏的现象。江阳人的修为和善良，又是如何炼成的呢？

巨大的张坝桂圆林，成了江阳人精神面貌的一面镜子。

"传奇"不只需要有大架构、大事件，还要有无数小故事。深冬的一个深夜，两位多年未见的老知青邂逅，酒足饭饱，握手拥抱，一个依依不舍地走了，另一位摇摇晃晃在将要摔倒的一瞬，巡警抢步上前将其扶住，不料此兄已醉得不知此身何身、家住哪里，巡警只好将他架到警车上。他身子一挨座椅，便极自然地顺势倒下，呼呼睡去。巡警打开车上的暖风，让这位老知青在警车上舒舒服服地大睡了一夜。这个醉汉是我朋友，此为他亲口所言。谁说这个世界冷漠自私？江阳的警察是不是让人感到一种难得的安全与温暖？

当许多城市里"狗案"频发、"狗患"连连，江阳分水岭镇的狗出门，都戴着笼头。网上还流传过一段视频，江阳的狗呀猫呀在市区过街，都会走斑马线……那种装腔作势、有模有样的情景确实好笑，可以当笑话传，也可以看作一种佳话。习惯成自然，积微成大，便强有力地影响着社会风貌。

——等等，等等，这便不难理解，江阳为什么至今仍然"德泽莺声韵正长"。古江阳原是巴国重镇，盛行"袍哥文化"。而今"袍哥"没有了，"文化"留了下来，并随着社会变革衍生出一种重情重义、忠孝刚正的民间风俗。以忠山立誓，以方山为碑，以天下独有的报恩塔为证。纵然有一百多年间就经历了火灾、风雹、洪水等多次重大灾害，但江阳人依然没有变得怨声载道、薄情寡义，反而更加团结和谐，凝心聚力谋发展。这也正是江阳最为神奇之处。

江阳水土的本质，不是水，不是土，是人。唯人，才是城市活力的根本动力。江阳在城市沿革中，选择了对人的尊重和爱护，让百姓切身感到舒适与自信，这才是千年古城依然生机勃发、活力激射的原因。"以义取人，以道自任。"江阳创造了自己的传奇，这传奇说不定会成为现代城市文化的经典。

怀念骡子

我是为了要看一块为一头骡子立的碑,才上白石山的。在中国的诸多名山中,也只有白石山才有这样一块骡碑:"千金一骨死乃知,生前谁解惜良苦"。

最早白石山没有路,第一条路是怎么开出来的?一个聪明人赶着一头骡子上山,让骡子随意走,骡子凭着它的天性走出的路,就是最近便、最安全好走的道。

骡子既然为人类踩出了一条路,也就活该它受累。要修筑这条路所需的石材、水泥、木料、铁件等,都要靠它驮上山去。而且无须人牵着,人在山下给它背上加满载,骡知人意,便自会负重上山。到山上有人将它背上的东西卸下来,它又自己返回。随后驮上东西再度上山,一天不知要山上山下地往返多少次。

开发一座大山谈何容易。后来,骡子累得看见石头就跑。但,你只要把石头放到它的背上,它就开始顺着山道往上走,你不让它停下歇一会儿,它就一直走,直到累死也不会停脚。常被称赞为"千里马""老黄牛"的马和牛,则没有累死的,它们一累就不走了。

动物世界里能活活被累死的,只有骡子。

老祖宗在创造"骡"字的时候,似乎就决定了骡子的性格和命运,或者老祖宗是根据骡子的性格和命运才创造了"骡"这个字,它就是受

"累"的马，自然要干比马和驴更累的活儿。

《齐民要术》载："骡。驴覆马生骡。则淮常以马覆驴，所生骡者，形容壮大，弥复胜马（岂止是淮河流域，北方的骡子也多是公马和母驴交配而生的，反比驴和马的力气更大）。然必选七八岁草驴，骨目正大者。母长则受驹，父大则子壮。草骡子产，产无不死。养草骡常须防，勿令杂群也。"

其实，公驴和母马交配生的骡子，只是不似前者"形容壮大"，在农村也是宝。但一般有母马者，多不想让公驴配，都想找"白马王子"。骡子本身则不能生殖，即使母骡怀孕，也必难产而死。原因很简单，骡子不具备繁衍后代的功能。

开发白石山的这头骡子，每天从早到晚，山上山下不断地往返，蹄如踏铁，憨走哧哧，不知道歇脚，不知道偷懒，直到活活地累死。开山的人感念这头骡子，就在它累死的地方为它修了一座坟墓，立了这块碑。

我之所以对白石山的骡碑感兴趣，是因为我对骡子有一种特殊的感情。当年我家就有一头大青骡子，小小年纪的我也能感觉得出父亲和大哥对那头骡子的钟爱，每当下地或要干重活前，大哥总会给骡子开小灶，抓一把黑豆放到它嘴边，看着它香甜地咀嚼，轻抚它的脸，梳理着它光滑的皮毛。干重活、驮重东西都是大青骡子的事，有时还可替牛驾辕……在华北战事混乱时期，骡子被当兵的强行征走，父亲险些疯了。

于是大半生来，凡听到有人说"是骡子是马拉出来遛遛"时，我便甚不以为意，这话里暗含着一种对骡子的蔑视。你有本事尽可自我炫耀，但不要糟践骡子。马和骡子各有所长，"遛遛"也要看怎么个遛法。倘是负重、履险、长途跋涉，再好的马也没法跟骡子比。

《中国大百科全书》这样解释骡子："耳长，颈短，腰部坚实有力。""生命力和抗病力强，饲料利用率高，体质结实，肢蹄强健，富持久力,使役年限可长达 20～30 年,役用价值比马和驴都高。"所以农村有母驴者,多与马交,务实的农民有母马,也愿意与公驴交,就为的是想得骡子。

骡子是那种忍辱负重、忠心耿耿、堪托死生的动物。叶剑英曾写过一首赞颂骡子的打油诗:"一匹复一匹,过桥真费力。感谢牵骡人,驱驮赴前敌。"而娱乐时代、享乐社会,最缺少的就是骡子的品行。

现代人大都希望当"白马",后边还要加上"王子"二字,即便是驴,因名吃"驴肉火烧"也颇受人们青睐。可谁能担保不会有那么一天,人们又开始需要骡子、怀念骡子呢?

妙人高晓声

近读张新颖妙文《恩师贾植芳》，文中讲了一桩趣事："贾先生和高晓声是一对奇特的朋友，两人一见面就有很多话要说，都说得很兴奋，但他们两个人其实都听不大懂对方的话。贾先生山西腔，高晓声常州话……"

我似乎能够理解这种境界。20世纪80年代初，我在北京领一个短篇小说奖，那个年代习惯以题材划分作家，我是写工业的，高晓声是写农村的，于是我们就"工农结合"，经常在一起，话也比较多。他听我的沧州普通话似乎问题不大，我听他的常州腔就有点像智力测验，他想让我听懂就放慢语速，一旦他谈兴上来进入最佳状态，妙语连珠，我就只能连蒙带猜外加心领神会，却同样会被感染，不忍打断他的节奏。

有一年，陆文夫在苏州组织了一个大型笔会，请了全国十几位作家参加。那天下午游太湖，高晓声拎着个兜子，把我拉到湖边一个清静的地方坐下来。面对太湖，背靠大石，时值仲秋，舒适而温暖。他从兜子里掏出两瓶绍兴酒，原来他是有备而来，我们两个就一人一瓶，边喝边聊起来，好不惬意！

他对我说，他刚从美国回来不久。高晓声在美国曾住在一个朋友家里，那是一栋三层小楼，进屋前先把鞋脱在门口。第二天上午要出门参加活动，他发现来美国刚买的新牛皮鞋只剩两个不完整的鞋底了，鞋帮被主人家拴在门口的狗给吃了。是狗在夜里太寂寞，还是它实在难以抵挡中国男子脚上的汗渍混合着新牛皮的味道的诱惑？高晓声的脚十分秀气，只能穿 38 号，主人拿出自己的鞋他都穿不了，只好开车拉着他去买鞋。

孰料在美国要买到一双男子的 38 号鞋也不容易，他们几乎跑了大半个城市才找到一双晓声能穿的鞋，总算把在美国的访问程序撑下来了。如今我用文字这样表述似乎并不逗笑，当时听他亲口道来却逗得我大笑不止。我笑他也笑，就在说说笑笑中将酒喝光了。一人一瓶太少了，酒的度数跟啤酒差不多，我根本没当回事，可我们两个不知什么时候竟都睡着了。

等到再醒来天已经很黑了，有人在湖边大声喊叫："高晓声！""蒋子龙！"原来大队人马游完太湖，回到宾馆吃饭时才发现少了两个人，一查是我们俩，赶紧又回来找。

还有一回，也跟酒有关。1982 年，康濯老先生从全国各地请了 30 位作家到湖南采风，其中酒量最大的当数《红色娘子军》的作者梁信。梁信肩扛大校军衔，沉雄健硕，一看就是海量。其次是四川老诗人戈壁舟，他们几乎是顿顿离不开酒，有时连吃早饭也喝上两口。

那天下午参观桃源，晚上当地一位年轻的女领导宴请大家。一开始女领导自称不会喝酒，喝着喝着兴致高涨起来。她放过戈老，换成大杯单挑老梁，一对一地干了一杯又一杯。老梁豪气十足，显然没有把这个小女子放在眼里。最后女领导喝酒如喝水，面不改色，直到梁信喝得醉成一摊泥才收场。原来女领导保护戈壁舟也是别有用意。戈老字好，散席后女领导请他到另一间大房子，笔墨纸砚、点心水果、饮料都准备好了。据说戈老一直写到凌晨。

第二天吃早饭时，戈、梁二老都没有露面，大家自然要谈论昨晚的酒宴，高晓声不紧不慢地总结了一句话："女人上阵必有妖法！"

这句话立刻在文坛传开了。后来，文人在酒桌上一看到有女人端杯，立刻就想到了高晓声的这句"名言"。

慈祥的火

秦兆阳先生走了，悄悄地走了，没有惊动任何人，甚至没有惊动他自己——他还没有想到自己会走得这么急。前不久，他还对女儿说："我的文章没有做够，书没有读够，画没有画够，字没有写够，人没有做够。"

和他住在同一间大病房里的二十多个普通老百姓，也没有想到他是一位将会被中国当代文学史记住的重要作家，是早在半个多世纪前就投身革命的高干，更没想到他会死在普通百姓中间，死得这么仁义，不吵不闹，不兴师动众，静静地、默默地、温慈地告别了大家，让人感到生死就在呼吸之间。

这就是秦兆阳的风格。

大约七八年前，北京召开全国作家代表大会，秦兆阳没有出席这许多年一度的文坛盛会，选举的时候却得票很高，在前几名之列。当时没有人公开说破这一现象，但有相当多的人记住了这件事，并生出许多感触。

因为秦先生自1978年复出文坛以来，不"炒"别人，也不被人"炒"，他从不对别人使用的各种"炒"术发议论。不知道出于什么原因，他用什么办法，使自己成功地躲开了文坛的热闹，几十年来在所有著名的会议上、电视上，绝对找不到他的影子。

可他本来是一个无处可躲的人。50年代初，他先以长篇小说《在田野上，前进！》向世人证明了他是一个深刻有力、大气磅礴的作家。继而以论文《现实主义——广阔的道路》发出雄浑的强音，震惊文坛，被批判了二十年，被摘引了二十年。无论批判者或称颂者都无法超过他，这篇文章成了中国当代现实主义文学的理论巨石。在他担任《人民文学》副主编期间，披坚执锐，扶植新人，当代许多知名作家的处女作或成名作是经他的手问世的。

此后秦兆阳到广西过了二十年右派分子的生活，"文化大革命"结束两年之后重新回到北京，出任人民文学出版社副总编兼《当代》杂志主编。用冯牧先生的话说，秦兆阳是大作家、大编辑家、大评论家。这样一个人物能往哪儿躲呢？

况且他又多才多艺，早年毕业于延安鲁迅艺术学院美术系。先生为我画的墨荷翠鸟，笔风飒飒，墨浪滔滔，荷秆高二尺，一笔贯到底，挺直灵逸，雄健质朴。时下正是"全才"走红的时候，先生却默默地躲开了时尚。他并不轻视时尚，也不鄙视喜欢热闹的人，有热闹才叫文坛，才叫社会。直到去世，他没有出过一次国，当然也不是因为没有机会。我不想以出国与否论雅俗得失，我就出过国，到国外看看是我所希望的。提起此事只想印证秦兆阳的性格，想知道他是怎样消除了生活中各种各样的诱惑的。

他，隐逸而不逃避，沉博而不孤傲，超拔清脱而不落落寡合，清雅而不闲适，热忱而不偏激，深邃而不沉郁，旷达而不圆滑。所以他不参加各种各样的活动，组织活动的人并不记恨他。人们习惯了他，但没有忘记他，且越发尊敬他。

当今文坛被人"爆炒"、被人议论、被人艳羡的人不少，被人尊敬或者说值得尊敬的人不是很多。提起秦兆阳，人们很容易生出一种敬意。他躲开热闹却没有躲开人们的尊敬，这简直是现代社会的一个奇迹。他的突然去世同样也使许多人对他的生命生出一种崇高感。

历来文坛上少不了恩恩怨怨、是是非非。秦兆阳以前是否和人结过恩怨我不太清楚。应该说，他被打成右派就是搅入一场大的是非当中去了。他为文个性雄强，喜欢创设新说，以他的为文揣度他的为人，大概也相当锋利。他曾取笔名"何直"，这样的性格可能容易得罪人。但是，"经过'文化大革命'的战斗洗礼"，近二十年来，谁能说得出文坛上的哪一场是非和秦兆阳有关系？谁能说得出秦兆阳和什么人结过怨？

他并不是老好人。一位还健在的文学大家说过这样的话："只有秦兆阳改过我的稿子，他敢提意见，敢改任何人的稿子。"这不是责怪，语气里带着敬意。既不当老好人，又不得罪人，该怎样掌控这种火候呢？

他爱自己的国家，却并未因这种爱没有得到回报而变为恨；他长期情绪负重、愤世嫉俗，却并未将其转化成牢骚和叫骂，也不以嬉笑怒骂表达自己的机智和清高；自己挨过大整，却并未因此而报复别人以泄怨愤。有一句很流行的话"谁没有挨过整，谁没有整过人"，对秦兆阳不合适。他关心现实又襟怀高淡，洞彻人事对生活又充满热情，厚重耿介又平正清穆，为文几近炉火纯青，为人宽展谦和、气度从容，人品与文品相契合、相映照，高标当世。

先生是文坛一团慈祥的火，温暖着人心、文心，净化着当代人文精神。他的去世使文坛又失去了一片洁净的天空。然而，他并非不食人间烟火的世外高人。先生是我和陈国凯在北京文学讲习所读书期间的导师。有一次，我们俩到家里去看望老人，正赶上当时的第一机械工业部副部长孙友余在座，听两人纵论天下大势，得益殊深。原来先生对社会状况、对国家的经济文化形势了解得相当多、相当透彻，立场鲜明，壮怀不已。

一个多月前，先生发病住进首都医院，由于不是部级干部，他不能进高干病房，只能住进三十人的普通病房。先生安之若素，自己本来就很普通，理应住普通病房，心里坦然。这境界真的很普通吗？去年冬季，先生突然发病，人们把他送进了海军医院小病房，他显得不安定、不自然，向家人唠叨："出版社没有钱，我的级别又不够，只要能治病，何必非待在这高干病房里！"

危机一过他就坚决逃出了医院。他有肺心病，最怕冷，最怕过冬季，一冷就感冒，一感冒就引发肺炎，剧咳不止，继而引发心肌梗死，这次就是这样丢了性命。几年前医生就千叮咛万嘱咐他，不可受凉，不能感冒。然而每到冬季他总是会不断地受凉，反复地感冒，因为他住在阴面的旧平房里，没有暖气，到冬天阴冷阴冷的。去年冬天他为了不感冒，只好穿着棉衣棉裤、戴着棉帽子睡觉，起夜也方便。从这一点看他又不普通了——北京市最普通的住宅楼里都有暖气，然而没有一间是属于他的。也许因为他有自己的老房子，单位便不再给他新房，他不属于那种能给自己搞好几套房子的人。也许他对这座早已被房管所下了危房通知单的老平房怀有特殊的感情，舍不得丢弃它，或拿它去换一间暖和的房子——1957年他被划成右派分子后，知道自己前途黑暗，在中国作家协会肯定待不住了，便拿出全部积蓄匆匆买下这房子，安置家属。

岂知，当时一个右派分子的家属，有了房子也难以安置得住，他们很快就被赶出了北京，二十多年后才得以房归原主。秦兆阳又怎会对这所房子没有感情呢？房子问题是中国老百姓最容易碰到的难题。正是这个难题，葬送了一位老作家的性命。

说秦兆阳先生是高人，恰恰是因为他普通、他真实。1990年8月29日，先生给我一信："……数月前你给我的复信，至今记忆犹新，原因是你把我看得太好，使我惭意难消。近几年渐入衰老之境，不免常对自己的一生有所回顾，深觉自己各方面都很平常，之所以有点'名气'，是二十余年来被当作批判的典型造成的，这连我自己也很意外。从本心说，我对自己是颇失望的，再加上经历多了，对许多事情易于看透，故不争不求不扩张，极少参加各种热闹场面，且不通世故，迂阔成性，不善处事，只是时常逃避世事。这样可能就显得与人有些不同，不同就不同，听任自然过自己的日子，求得内心安静而已。因此，请你把我当作一个忘年之交的平常朋友吧。"

平朴，坦诚，宽厚，自然。先生不希望我把他看得太好。读了此信我仍然无法把他看得平常，听了别人几句真诚的好话，一定要直来直去地还自己以本来的面目，眼下这样的人就不多，单凭这一点也可看出先生是大好人。

其实，对他的任何赞美都没有必要。他的一生就是对自己最好的赞美。

57年前，一个刚刚从师范学校毕业的少年，提着一个旧皮箱，告别亲人热土投奔延安。他走出了很远，再回头，看见母亲依然站在湖边望着他，形神清肃，目光灼热。从此，这目光就再也没有离开他。前不久秦先生还对大女儿说："原来母亲的眼光盯了我一辈子。"

一辈子生活在母亲的注视下是幸运的，是充实而强大的。

这母亲也是他的大地，他的民族。

所以，他的内在稳健专一，树立了一种精严凝重的风格，不为当世的浮嚣所动，使淫丽夸饰的风气也难以近身，保持了大家的严格和恬淡。这是秦先生能获得普遍尊敬的主要原因。虽然他走得太匆忙，但他走得气度超拔、神风卓荦。

1983年秋天，先生写完长篇小说《大地》之后，曾即兴给我念了一首打油诗：

莫道人生易老，苦辣酸甜味好；
且喜大地多情，天涯处处芳草；

若无酷暑严寒,哪得绿溶春草;
白头犹自繁忙,只因吐丝未了;
回头无愧于心,始可安然定稿。

秦兆阳先生安息。

海河史话

古时候的河流没有河堤,最是自由散漫。就连黄河,都多次移道,从天津入海。至东汉时期,海河水系形成,汇集燕山山脉和太行山脉之水,与珠江、长江、黄河、淮河、辽河、松花江并称"中国七大水系"。天津遂成"九河下梢"。"九河"为清(水)、淇(水)、漳(水)、洹(卫河)、寇(大清河)、易(水)、涞(拒马河)、濡(滦河)、沽(北运河),同归于海河入海。

通常所说的海河,是指海河水系诸河流汇聚入海的干流,起自天津的金钢桥,东至大沽口入海,全长72公里左右。其实,它的上游不止九河,大大小小有300条河流之多,其中最长的河流达千余公里,这些河流像一把巨型的扇子斜铺在华北大地上,组成了海河水系。水利万物,天津是海河水系的最大受益者。明朱棣为燕王时,镇守北京却屯兵于海河两岸。朱棣要扩大自己的势力,便向四周开辟村庄,从江南和中原迁来了大批移民。于是,大运河(后来的南运河)、大清河和子牙河交汇入海河的三岔河口一带开始繁华起来,船舶集结,漕运发达,客商会聚,店铺林立,最热闹的地方叫"三汊口"和"小直沽"。

三河下梢及海河两岸的"沽"很多,天津号称有72沽。按明代弘治时期大学士李东阳的解释:"沽者,即小水入海之地。"1399年,燕王起兵和建文帝争天下,他认为小直沽并不小,是南北水陆交通要道,能大有可为，应取个好名字。有位大臣拍朱棣的马屁，说燕王奉天子旨意平定北方，应将"小直沽"改为"天平"。一老臣反对，建议叫"天津"。他自然也有说辞：燕王千岁承圣上之命，吊民伐罪，顺乎天意，所以叫"天"；车驾又是在这里渡过河津，所以"天"字后面再加一个"津"。古时洛阳曾有过"天津桥"，天河之中有九星，能占据天河都叫"天津"。"天津"二字很有气派，也很典雅。燕王当即应允，并传谕地方，将三汊口、小直沽合并成为"天津"。

可见正是因为有海河，才有了六百多年前地处"海运、商舶往来之冲"的天津卫，并且让天津成为近代中国北方最大的工商业和港口贸易城市。海河则是天津的血脉，理所当然也就成了天津的主要象征，并成为它强大而广阔的依托。然而，人类在依靠河流繁衍生息、发展经济的同时，也吃尽了河流泛滥的苦头。海河水系东临渤海，南界黄河，西靠太行山，北依燕山，地跨北京、天津两大直辖市，内蒙古和辽宁的一部分，河北大部（流经河北省70%以上的土地），山东，河南，山西的东部和东北部，总面积达约32万平方公里……自古以来，它就是由一条条放荡不羁的河流组成的。其复杂的扇形水系，"扇面"极大而"扇柄"极短，如一把巨大的蒲扇，铺盖着北国大地。

海河水系的另一个特点是，太行山脉和燕山山脉合阻气流，伏汛暴雨，水量集中。每到汛期，"扇面"上源的三百多条支流若乱箭齐发，洪水奔腾直下，争相灌入扇柄般的海河，汹涌之势无可阻挡。而海河下游入海口处多年泥沙沉积，"肚大嘴小"，宣泄不畅，河水自然就会漫出河道，形成洪灾。千百年来，生活在海河流域的人们百感交集。他们感叹海河水系既是众生的生命之源，又是祸患之根。从1368年到1948年，海河水系在580年里竟发生383次严重水灾，平均一年零三个月闹一次大水。天津则被淹泡过七十余次。1917年的那次特大洪水遍及直隶一百余个县，总计受灾面积3.8万多平方公里，1.9万多个村庄被淹，受灾人口共 625 万。

　　明万历三十二年（1604 年）和清嘉庆六年（1801 年）的两次大洪水，天津城内积水 4 米，城外则水天相连，与渤海浑然一片。天津卫成了泡在海中的一座孤岛。清嘉庆六年七月，北运河河水陡涨丈余，"海不收水，逆顶内河"。以至于南北运河、永定河及各处旱路均被洪水淹没，大水连成一片。四乡房舍与庄稼俱被浸泡，百姓纷纷避迁："村人夜半走相呼，水势直下奔津沽……汪洋横溢数百里，洪涛浊浪溯田庐。孤村势危欲浮动，人如群蚁缘漂荸……"

　　进入 20 世纪的上半叶，天津又遭遇过两次特大洪水：一次是 1917 年，一次是 1939 年。特别是后一次的大水，是如一场噩梦一般的灾难。7 月下旬，天气闷热，多日不下一滴雨，而山西方向、太行山脉却连日暴雨，出现洪水。千百年来，天津地区十年九涝，被水泡惯了，但想不到洪水突然冲到眼前，排山倒海般压向天津。老城里、南开、南市等地都被泡在水里，水深处达二三米。紧跟着天津地区也大雨滂沱，连泼十多天，水大得令人眼晕，四处汪洋一片，什么也看不见。好多房子淹泡时间一长，砖酥了，土软了，呼啦一下就坍在水里。穷人的房子大多盖在市郊，而且全都质量不高，不经泡，房子一倒，人全都成了灾民。从日本摄影师秀魔克作出版的影集《天津水灾纪念写真贴——天津居留民团》中的照片上看，哪里还有天津？只在洪水中看到一些尖形房顶。泊在海河中的轮船，吃水线高过路边的一二层楼，船上的烟囱高过路边一座 10 层高的楼房。处于市中心的老中原公司的门前，竟是船来舟往。宫岛街与春日街交口处的中国邮局，改在二楼窗台上办公，顾客站在船上和业务员交办业务……洪水从 1939 年 8 月进城，直至 10 月初方才退尽。

　　1963 年，被涝怕和旱怕的海河儿女，满心指望会有个好年成，胆战心惊地走到 8 月，天津地区还是再次遭遇历史罕见的特大洪水。8 月 1

日至 10 日，海河流域西南上游地区连降特大暴雨，局部地区雨量最高达到 2050 毫米，创中国内地最高纪录，相当于 1939 年淹泡天津的洪水的两倍多。华北平原平地行洪二三百公里，水量超出所经大小河道总泄量的 10 倍。凶猛的洪水如同亿万猛兽，冲垮京广铁路，直冲位于"扇柄"处的天津而来。那时的天津还是河北省省会，省委开会介绍灾情："洪水若淹天津，大概会淹到三层楼高……"

几天后省委的警告就变成了现实。一位老记者描述道："我随空投救灾物资的军用直升机，前往灾区拍摄新闻图片。那天我登上飞机，向西南方向飞行，行程一小时，把我看得是目瞪口呆。我不知道直升机一小时的行程有多远，但放眼望去天水相连，全是无边无际的滔滔黄水。露出水面的点点高地上，挤满冲着直升机拼命呼救的灾民，灾民的滋味我尝过，1939 年的大水我也见过，都没法跟 1963 年的这场大水比……"

从那一年起，开始根治海河。说也怪，海河果然被根治，此后半个多世纪了，只旱不涝，海河还有，其水系已不复存在。

从大象之死说起

最近云南一群野象的"自由行",引起世人关注,同时还有两则新闻与其呼应,也耐人寻味。一则是科学家疑似找到了野象的墓场。地球上的大象那么多,它们又不会长生不老,难道找到埋葬死象的地方还很难?发现点踪迹就这般兴奋?

另一则是宁夏蒙古和元朝历史研究学者王景武宣称找到了成吉思汗及蒙古帝国和元朝其他二十多位皇帝的墓葬群。而考古界对此却反应冷淡,充满怀疑。

世界上诸多皇帝的陵墓都被盗过或开掘过,即使还没有被挖掘的,人们也知道其所在位置。唯成吉思汗陵,竟成为千古之谜,令各国考古专家绞尽脑汁,仍不得其解。尤其在近二百年来,以现代人的精明、现代科技的无所不能,全世界至少有一百多个考察队,费尽周折,旷日持久,动用了航天遥感、地球物理学的地下勘探等尖端技术,像篦头发一样把所有认为能埋葬成吉思汗的地方都找了一遍,却全都无果而终。

现代死亡学的奠基者、美国生物学家刘易斯·托马斯,有一天忽然对自己提出了一个问题。他的后院里到处都是松鼠,一年四季在树上和草地上窜来窜去,但他从来没有在后院里看到过死的松鼠,难道它们不会死吗?显然不是,万物都有生有死。这就是说,松鼠们是偷着死的,死到了人类看不到的地方。那它们又为什么要这样做呢?

仿佛是不经意间地这么随便一问，使他以后有了一个重要发现：动物比人类更会跟这个世界做最后的告别，死得自然而聪明。它们绝不像人类那样大哭大闹地张扬死亡，借最后的告别搞排场。动物似乎都有这样的本事，知道自己快不行了，就找个僻静的地方，独自悄悄地死去。即使体型最大、最招眼的动物，到死的时候也会隐藏起自己。假如有一头大象失检或因意外事故死在明处，象群也绝不会让它留在那儿，一定要将它抬起来，找一个莫名其妙的适当地方再放下。象群如果遇到遗在明处的同类的骸骨，也会有条不紊地将其一块块捡起来，疏散掩藏到邻近的大片荒野之中。

这是自然界的奇观。地球上的各类动物加在一起比人类还要多得多，死亡每时每刻都在发生，其数量跟每天早晨、每个春天让人目炫的新生一样多。但我们看到的却并非到处是面目全非的残肢断臂。假如世界不是这个样子，死亡的事都公开进行，死尸举目可见，那阳世岂不跟阴曹地府一般？

再看看人类吧，人类最会在死亡上做文章。出大殡、办国丧，甚至也可以为了某种政治目的秘不发丧，或借死人整活人……这一切都源于人类对死的恐惧，认为死是灾难，是反常，是伤害，是痛苦，是惩罚，是机会，总之是不自然的。有人死了，活着的人总要议论纷纷，死于什么原因、多大年纪等，不管真的假的都要惋惜感叹一番，同情一阵，亲的近的还要掉几滴眼泪，实在挤不出泪来也得拉长脸作悲痛状。然后就是送花圈、举行葬礼、安置遗体或骨灰、修墓立碑——如果人类继续这么搞下去，早晚会有一天，地球上的土地都将变成墓地。

死的伴随物比死本身更令人沮丧和恐惧。一个人的死，与其说是他自己的事，还不如说是他活着的亲友们的事，于是人类夸大了对死的恐惧。这源自对死亡现象的困惑，把死亡看得过于孤立了。据托马斯的统计，地球上"每年有逾5000万的巨额死亡，在相对悄悄地发生着"。尽管如此，世界人口发展到今天还是有了 70 亿之众，倘若自有人类的那一天起就个个长生不死，今天还会有地球、人类吗？

人类应该为有死这件事而庆幸，是死解放了生。人知道该死，才懂得该生。平时用不着老顾虑死，倒应该多考虑生，能体味死的平和，就能领悟生的意义。人生其实就是"至死方休"。

蒙古的秘葬习俗成就了成吉思汗陵之谜。据说在他葬后要驱赶马群在葬地狂奔，消除埋葬痕迹，然后用千骑守护，不许任何人进入禁地。等到来年密林如旧，别人无法看出大汗葬在哪棵树下，或者青草丛生，草原如旧，让人再也看不出埋葬的迹象，千骑方才散去，从此也使墓地成谜。其实在成吉思汗之前，道家更早地洞悉了生与死的转换。既以生为善，又以死为善。现代人反而没有这样的洒脱了，活得越久越不想死，看见别人还活着也不愿自己先死，特别是知道有人永生，就更觉得自己死得亏。

岂知世界最平等的事就是死亡，它一视同仁地对待所有生命，所有生命早晚都会轮上，该轮上的时候一定会轮上。在这一点上，无法不高看成吉思汗。我们即便学不了"一代天骄"，总还可以借鉴动物对待死亡的智慧。

阎爷句式

这个题目是前两年被朋友所逼，情急之下匆匆想起来的。那天突然要被拉到一个青年作家培训班上"讲几句"，刚好读完阎纲先生自述，在书上划出了一些句子，便带着这些句子上场了。

阎纲先生是我结识并实实在在接触过的第一位文坛重量级人物。在20世纪60年代初，对于文学爱好者来说有一本影响很大的书，是杜鹏程等著、茅盾点评的《一九六〇年短篇小说欣赏》。我读后颇有心得，便写成文章寄给《文艺报》，不想正是阎纲先生看到我的稿子，并专程到天津约我面谈修改意见。

当时阎纲先生在文学爱好者心目中是"大神"一般的存在，他经常在国报、国刊上发表评论文章。这般大才竟从北京专程来到天津，约我面谈修改意见。下班后我骑车一个小时四十五分钟，赶到位于市中心区的赤峰道百花出版社招待所。身材修长、面目清俊的阎先生，面对面掰开了、揉碎了跟我讲怎样修改那篇文章。

好不容易见到这样的人物，我当然也有许多问题要请教，有的跟这篇文章有关，有的与文章本身没有关系……谈话结束已经很晚了，我住工厂的单身宿舍，工厂在北郊区，天津城是南北狭长，天津战役的成功就是因为采用了从东西两面进攻的"斩断长蛇"的战术。我骑着自行车是从"蛇"的七寸处骑到"蛇尾"，回到宿舍哪还睡得着，趁热打铁修改那篇稿子。改完抄清，天已发亮，干脆骑车把稿子又送到招待所。那个时候的社会风气真好，招待所大门虚掩，阎纲先生下榻的房间竟也不锁门。我如入无人之境，悄无声息直抵阎先生床头，把稿子放到桌子上，又悄悄退出，并未惊醒沉睡的他。或许昨晚我走后，他也"开夜车"了。

我交了稿，心神大为松快，再骑一个多小时的车回到工厂，直奔食堂，四两大饼夹两个炸糕，外加一碗粥。这一夜在"长蛇"上往返四趟，加起来骑车近七个小时，确实饿了，再加见到名人的兴奋，值得让自己饱餐一顿。上班后接到阎先生电话，他对我的改稿表示满意。这次经历也让我铭记终生。

1980 年，《小说选刊》问世，创刊号头条选了我的短篇小说《一个工厂秘书的日记》，并配发了阎纲先生的短评《又一个厂长上任》……这是真正的导师，非是现在把称"老师"当客气话挂在嘴头上所能比的。

六十多年来，我每次见到阎纲老师都毕恭毕敬。但太客气就难免会拘谨，话不敢多说。按天津卫的习惯，见面一抱拳，口称一两声"爷！爷！"有几分亲昵，又带点没大没小的痞味儿，后面就好办了。可以说正经的，也可以聊天，甚至八卦。至 2022 年的今天，85 岁以上的师友还有几位，在微信上无话不说的却只有两位，一位是 87 的林希，再一位就是 90 岁的阎爷。称"阎爷"，只两个字，如果老是"阎纲先生"，我老得拿着个劲儿，读者也累得慌。其实，不管论文还是论寿，阎纲先生在当今文场都是爷爷辈啦！

回到正题。近得先生又一大著《我还活着》，心里陡然一震。泰戈尔说"我活着"是自喜、自惊。阎爷加上一个"还"字，是自信、自励，是宣示，是挑战。挑战生活与命运。

为什么"活着"？"活就活个明白，说人话，做人事。"

简简单单的大白话，却如疾风暴雨，波浪滔天。这就是锤子式的句式，一锤下去，火星喷溅。

书中这种出语奇横的句式，海了去啦。

写癌病房："满屋秃子！每人床前挂着几个吊瓶，不停地呻吟、呕吐……"

甚至调侃自己也如此："我，瘦猴一个，电线杆子一根，又暗自神伤。我属猴。""我爱瘦不爱胖，爱轻捷不爱笨重，爱小目标不爱众目睽睽……越来越不如颧骨高高突起的马三立。"快然自适，气韵盈溢。

再譬如："我还活着，我做证。"为谁做证？证什么？天知地知，你知我知。尽人皆可猜测，或许答案各有不同。可以肯定的是，是为当代文学做证，为作家做证。

这部书就是他的"证词"。

为柳青做证："半生顿踣，死后寂寞""梁生宝、梁三老汉不会过时，《创业史》不会速朽"。中国确确实实经历过一个社会主义高潮，《创业史》是那种环境下的文学社会史，写出了苦难深重的庄稼汉"在一种类似宗教的鼓动下的理想国、心灵史"，这样的表述是何等的精确、服人。

路遥和陈忠实都把《创业史》读了七遍。不知其他地方的作家，还有这样读本土前辈作家作品的吗？

路遥给《平凡的世界》画上最后一个句号，"疯子般一把推开窗户将笔扔了出去，扔得很远，叫喊：'这是为什么？'然后冲进厕所，对着镜子再行叩问：'我究竟为什么？为什么？'随即放声大哭。"以命搏文字，想不惊世都难。

阎爷引高建群赠路遥的话："文学是一种殉道，陕北高原是一个充满英雄史诗、美人吟唱的地方。"陕西才子成群。阎爷论一位陕西师大的教授："朱鸿三部，钩稽故实，于史补阙增容，于文散章别裁，质朴厚重，有乡党太史公之遗风。"

对呀，陕西文道是由司马迁开辟的。

西安空军军医大学唐都医院退休的政委李亚军，"一年能写上百多篇散文"，已完成"百多万字"。牛汉说"散文是诗的散步"，他却是"诗的马拉松"。

陕西是文学的高地，也是文学的福地。已享米寿的文坛福星周明邀约阎爷："阎兄，日月如梭，转眼就是百年，咱俩葬到一起吧。我家在秦岭脚下，有地，终南山隐士处、白居易'观刈麦'地，由你挑。"

他们是同乡、同学、同事……做了一辈子的朋友还没做够，竟希望死后也葬在一起！在当今文坛上，还找得出第二对吗？

我极认可阎爷为周明的画像："热爱生活，精力充沛，有求必应……是热心穿梭的'文坛基辛格'，从早笑到晚，越老越比儿子年轻，没大没小，人见人爱。他的命不大，谁命大？"澄怀创真，情谊酣畅，显示了两个人充盈的生命力。

阎爷为吴冠中做证："他丰满而瘦小，富有而简陋，平易而固执，谦逊而倔强，誉满全球却像个苦行僧。"句式如连珠炮，元气浑成，字字朗澈。

阎爷为屠岸做证："乍看文弱书生，再看是大儒……满腹经纶的文场通才""历经乱世，两次自杀，屠岸还是挺过来了。他思维敏捷，生活规律，不生闲气，比鲁迅健康，比托尔斯泰命大……"用十来个精妙的句子，把老诗人饱经磨难的一生概括得清和刚劲，又明快朗润。

我从阎爷写屠岸的文章中还获得一个很难学到的知识，当人在想到死神的时候，会有一种甜蜜的感觉，便渴望自杀。这是屠岸将脖子已经伸进绳套时的真实感受……难怪当今世界很有一些人，动不动就自杀，特别是跳楼者，现场惨烈。原来在他们决定"上路"的一瞬间是"甜蜜的"，却害得身边的人无比痛惜。

我以为，评论的本质是交流。与读者交流，与作者交流，与文学史交流。阎爷的评论言简意赅，这本书里的证词大都是好话。但好话不多说，如排球场上对阵，讲究"短平快、稳准狠"。

因他"兴趣在大众文艺一边，痴心于大众文学、民间文化"，所以他对作家极友好，精神刚硬强大，心地柔软和厚，故能以善为魂，以文为骨。良药不一定非得苦口，《随园诗话》云："药之上品，其味必不苦，若人参、枸杞……"同样是陕西大才的李建军有言："伟大的文学从来不是怨毒的。"

阎爷喜欢使用锤子式的语句，对"响鼓"要重锤，对业余作者小锤点拨。我第一次见他的时候，他正在车间当铁匠，大铁砧子后面站着掌钳子的，掌钳子的用钳子夹着红铁，右手一把小锤，对面站着下手抡大锤，小锤点到哪儿，大锤紧跟着就砸在哪儿，其节奏是"叮当当，叮叮当"。当时我就感觉阎爷是拿小锤的，我是那个抡大锤的，他指哪儿我打哪儿。

如今敢说作家的好话，也需要勇气和正直坦荡的品格。因为现实的风气是不能公开说某个作家的好话的，人心陷溺，文场也一样，你说张三好，会开罪不喜欢张三的人。你不知道现在的人际关系有多复杂，不是现实主义，是人人活得现实。所以，聪明人想说自己小圈子里哥们儿的好话，都要用轻贬真褒或打情骂俏的方式。

我参加作协主席团的会十几年，非常奇怪这样的会上极少谈及具体作家和作品，作家开会回避讨论作家和作品，岂不大怪？有一次讨论什么文件，我找不到新鲜词，脑子一热，借机大谈《白鹿原》。会场骤然一片冷寂、僵硬，个个神色狐疑、凝重，气氛异常，好像是我在呼喊反动口号。我发言完毕不仅没有一个人接话茬，甚至他们连大气都不敢喘，似乎等待着要发生什么事情。那时还不时兴正开着会纪检委来人把人带走，主持人赶紧把话题转到该讨论的文件上，就好像刚才什么事情也没有发生，并没有一个姓蒋的人说了一大堆不合时宜的话。

散会后，作协机关一个熟人悄悄对我说"子龙可爱"。他的表情却明明是在说"子龙犯傻"。吃饭的时候，因为没有酒，陈忠实端着碗菜汤，绕了一个桌子过来跟我"碰杯"。我明白他的意思。

阎爷不怕，他有胆气，有真性情。文气通正气。古人云，歪风邪气写不出传世文章，有真性情才有好文字。他尖锐，识力深透，且看他的焦虑："我是乐观主义者，但对我国文艺界多多少少有些悲观。中国作家笔下的男人也好，女人也好，很难说都是成熟的角色。他们难得具备健全的、高质量的心理状态，并且亮不出健美的肉体、敏捷的活力……"

我非响鼓，也挨了他一记重锤。凡中国作家读到这段文字，都能掂得出分量，不能不反省自己的作品中有没有这些毛病。

老，是一门学问。所谓"活到老，学到老"，不是指到老了还能读书看报。想要老得漂亮，是要学的，学会怎么变老。《我还活着》就是一本教人怎样能老得漂亮的书。沧桑作笑谈，坎坷任纵横，神思感奋，逸兴遄飞……做过别人的贵人，自己也会遇到贵人。如此老境，怎不风光无限。

一门绝技的诞生

铁板浮雕是郭氏的独门绝技。

所谓铁板，实际是一毫米厚的钢板。先在上面作画，然后用各种不同形状的白钢錾刀，或轻或重、或挑或抹、或急或缓地一下下敲击，心与铁在交流，手与锤在呼应……画面渐渐浮凸而起，平面画遂成立体雕塑。

古旧的窗棂，斑驳的土墙，墙根立着断了一根齿的大木叉，院子里拴着一头母牛和正在吃奶的牛犊，还有怒发冲冠、红面虬髯的钟馗以及双鱼、飞凤、蝙蝠与桂花等。细微处，逼真而传神，朴拙而精巧地利用了铁板的原色和特质。顽铁生花，亦刚亦柔，既栩栩如生、韵味天然，又高古奇骇、精彩绝伦。

郭氏，大名海博，五岁学画，兼临《曹全碑》和汉简，后爱上雕塑。当心爱的维纳斯石膏像被打碎后，他就想创造出一种能"永久地凝固住瞬间的静态"。

他在农村读完高中，毕业后种过地，到建筑队当过泥瓦匠、电工，后进军工厂烧锅炉，做冲压工；数年后，又调入一家杂志社，当司机、跑发行、管出纳、搞摄影、做编辑……捎带着读完了电大本科。

命运不讲理，像过山车一样把他抛来抛去。青春原本是可以挥霍的，兴趣却是一种潜在的巨大能量，可使所有的生活，都转化为积累。

有自觉就会有选择。他还没有能力铜浇铁铸自己的梦想，灵机萌动，想到经常接触的、相对廉价的铁板，同样可以长久地保存自己的创意。

郭母心疼着魔般跟铁板较劲的儿子，腾出一个六平方米的储藏间，为了不搅扰邻居，用厚棉帘子把门窗堵得严严实实。北方的寒冬腊月，储藏间宛若冰窖，因有气焊不可有炉火，铁板、錾刀等一应器具冻得黏手。

而冰冷属于精神，铁板浮雕没有可资借鉴的经验，全靠自己的灵性，一点点地摸索。创造是心物之争，即物见心，一切有形之物，无不是心灵的外化。人活的不就是个心吗？

郭海博喜欢的《劝学》云："蚓无爪牙之利，筋骨之强，上食埃土，下饮黄泉，用心一也。蟹六跪而二螯，非蛇鳝之穴无可寄托者，用心躁也。"所幸，他的精神内质硬度很高，一旦进入创作的痴迷状态，便没日没夜地叮叮当当，发出了一种精神的芳香。

由于铁板的成分与质量不同，他不知敲废了多少铁板，赔上了自己的全部身家。而越是难以搞出来的艺术，内涵就越丰富。生活是公正的，他笃信："想要最好的，就一定先给你最痛的。"

郭海博走对了路，就一定会有出路，那间封堵严密的小屋子，封锁不住一个注定要出世的艺术天才。

待要出世，须有根基，如同卫星升天，要有发射台是一个道理。郭海博沉毅刚健、待人和厚的性格，吸引了一位早就熟识的姑娘——郭荣。这是个宜家宜室的女人。他用自行车就把新娘子和她的一个包袱驮回了自己的小屋。

新娘子拿出一千元，作为郭氏铁板浮雕的"启动资金"，置办了电剪、台钳、砂轮与气焊机等。海博及其弟海龙，如虎添翼，经过日复一日、年复一年地跟铁板打交道，终于吃透了铁板的"铁性"。见到铁板，郭海博就想用手摸一摸。他一摸一掂，再看看铁板的氧化皮，就知道了铁板的成分、硬度及质量，适不适合做浮雕。

他开发出抛磨和烧色等技术，使铁板可以出现乳黄、紫红、湖蓝、月白与翠绿等颜色；他用气焊为动物点睛，小鹿的眼眸如春天的湖水一般清澈……一项项新技术的应用，令铁板浮雕升华到形象生动、呼之欲出的境界。他相继推出了紫铜浮雕、彩铜浮雕……似乎任何金属在他们的榔头、錾刀下，都可成为浮雕作品的载体。

"沧桑历练由阡陌，坎坷经逾化纵横。"在雕刻铁板的过程中，郭海博也认识了自己的思想深度与创造力，錾刀仿佛也深深地进入他的本真，让他了解了自己的耐性和可塑性。心物合一，神与物游，迎来了该他傲然出世的一天。

1998年金秋，郭氏兄弟受邀参加在北京中国国际展览中心举办的中国艺术博览会。自博览会开幕那天起，郭氏铁板浮雕的展台前就总是围着一大群人。他们在现场操作，叮叮当当，或敲或錾，围观者可目睹铁板浮雕的创作过程，自然引起不大不小的轰动效应。

在他们工作台后面的墙壁上，挂着几幅已经完成的浮雕作品：

三个男孩子在搬弄一个大南瓜，有的孩子太用力以至于裤子掉下来，露出圆圆的光腚，洋溢着充盈的生命力和鲜活的童趣；

殷实的农家院里，拴着一头配具齐全、等待主人出发的毛驴，毛驴眼里有光，皮毛细腻，给人以祥和丰宁之感；

一幅紫铜彩雕小品"金龙戏珠"，凌空盘旋的龙身姿态峻绝，颜色斑斓，散发着金属烧灼出来的光晕，奇瑰宏丽，夺人心魄……

博览会进行到第四天，一位中年女士走到郭海博近前，提出要购买他的作品。郭氏兄弟从来没有出售过自己的作品，也不知该如何定价，只好询问博览会的主办方。

主办方经过讨论，答复他可以出售，小品售价五百元左右，大幅作品的价格可以翻倍。那位来自台湾的女士觉得很划算，掏出五千六百元，将他们墙上挂着的作品全部买走了。

自此，郭氏铁板浮雕艺术对外的大门打开了，凡国内艺术类展会，甚至一些国际上的民间艺术展览，都少不了郭海博和他的作品。而且，他的展台前总是不愁没人围观。商品世界，现代艺术终究要进入市场。

市场反映出今人对铁板浮雕艺术的需求。有人赶不上展会，闻其名，便找上门来。2004年4月，美国商人维克多和该公司中国区总经理张宁慧，急匆匆从北京专程来石家庄找到郭海博，要定做一幅以狮子为主题的100cm×80cm的铁板浮雕，由于时间紧迫，希望他能在一个月内完成。

这是命题作文，还有时限。

郭氏兄弟全身心投入创作，草图出来后，可以看到，画面极富动感，以雄狮为中心，气势喷薄，雄浑奇伟。画面轮廓雕成后，他们拿捏好力度，一锤一锤、一根一根地錾出狮子的鬃毛，轻雕细刻，精勤入妙。

作品完成后取名《王者风范》。

距离交货日期还有十天，郭海博尚气谊、重然诺，担心美国客户对这幅作品不满意，于是一鼓作气，同样以狮子为主题，重新构思，又雕刻了一幅同样大小的《皓月神威》。

交货期一到，维克多亲自来验收，他见到浮雕，大喜过望，将两件作品都买下了。

后来，启功先生看到这两件作品的照片，赞叹不已，欣然写下"铁笔传神"四个大字。

郭海博的榔头和錾子犹如"铁笔"，表现了他的生命状态，承载了他对这个时代的情感和记忆。

任何一种艺术创作，靠的都是生活经验的积累。郭海博陆续走遍了大半个中国，有了汽车后，驾车钻进太行山深处的村村镇镇，或拍照或速写，相继创作了《秋韵》《山里娃》《农家院一角》等获国家级大奖的作品。

取自然之性，成创造之功，他神思感奋，刻励精进。

郭海博的工作间里，一面大墙上挂满了大小不一、形状各异的榔头和錾子，甚为奇特。另一面大墙上则挂满了各种奖状和证书，印证了"路有多宽，眼界就有多宽"的道理。反过来也成立："眼界有多宽，路就有多宽。"

郭海博又多次驾车进藏，并创作了气势磅礴、丰致遒劲的《西藏风情系列》，并广受赞誉。

恰如爱默生所言："谁走遍世界，世界就是谁的。"

许多喜欢美术和雕塑的年轻人，还有大学绘画和雕塑专业的学生，找到郭海博想拜师学艺，最终，都知难而退了。唯有他的女儿郭墨涵，自小在他的工作室长大，练得了童子功。不知有多少个节假日，包括大年三十的晚上，一家三口在工作室里叮叮当当，权作春节的鞭炮声，其乐融融。

心慧者有爱，温厚即久。有高人言，幸福不是状态，而是感受。

墨涵大学美术系毕业后，回到郭海博身边。她心怀珠玉，胆智精细，利用自己的美术专长和熟练使用榔头、錾刀的童子功，赋予浮雕更强的现实感，让冰冷的铁板打动人心。

她创新了蜡染和烫彩艺术，烫出的颜色不是人工色，亦非自然色，一次一个样，使铁板浮雕愈加精美。

郭海博一家人，算是活出了他们生命原本的丰盛。

百年佳话

　　一个晴朗的早晨，阳光透窗。98岁的国学大家文怀沙先生，其声其韵也像阳光一样舒展而健朗，他正通过电话向我讲述一个沉重的话题：时间无头无尾，空间无边无际。人的一生所占据的时空极其有限，我们不知道的领域却是无限的，对"无限"我们理应"敬畏"。生，来自偶然；死，却是必然。偶然有限，必然无限……

　　把他的句子竖排，就是一首诗。

　　我听着听着，心里泛起一股温暖，对生死的话题不再感到沉重，只觉得优美、深邃。这是一段当世的佳话，百年的传奇。文公口吐莲花，滔滔而出的也确是一首长诗，是写给他91岁高龄的"少年老友、老年小友"的林北丽老人的。

　　林老重病在床，自知来日无多。她被病痛折磨，生不如死，便向文公索要悼诗，以求解除病痛，安然西去。八十多年前，作为小姑娘的林北丽曾在西湖边不慎落水，少年文怀沙冒死救她出水。那是"救生"，救她不死。今日他却要"救死"，救她轻盈驾鹤，死而无痛。

　　知生知死，死生大矣。刘禹锡说"救生最大"。今日文怀沙公，救死亦不凡！

　　能否救得，还需把话题拉开，交代一下他们的生死之缘。

　　1907年，国贼猖獗，局势险恶。"鉴湖女侠"秋瑾托付盟姐徐自华：倘有不测，希望能埋骨西泠。不想一语成谶，女侠就义后，徐自华多经周折，才按烈士遗愿将墓造好。并在苏、白两堤间，傍秋墓为女侠建祠，取名"秋社"。1919年，年方9岁的文怀沙随母亲来到杭州，拜母亲的好友徐自华为师，在秋社里学习经史子集、吟诗作赋。

不久，徐自华的小妹徐蕴华带着女儿林隐由崇德老家来杭州，也住进秋社。用柳亚子的话说是"天上降下个林妹妹"。林隐10岁便有诗："溪冻冰凝水不流，又携琴剑赴杭州。慈亲多病侬年幼，风雪漫天懒上舟。"

文怀沙称其是由诗人父母"戛戛独造的小才女"。

由此，文、林两人开始结缘。后来日本侵华，徐自华去世，大家为躲避战乱，各奔西东。一时间，文怀沙便跟秋社的小伙伴以及诸多亲友都失去了联系。直到1943年，正在四川教书的文怀沙，从南社领袖、国民党元老柳亚子写给他的信中得知，曾轰轰烈烈嫁给林庚白并用自己柔美的右臂为丈夫挡过子弹的林北丽，竟是他儿时的小伙伴林隐……

这就又引出一个不能不提的人物——林庚白。林庚白，字众难，自号"摩登和尚"。依此也可窥见其不同一般的风流才情。高阳曾这样描述他："宽额，尖下巴，鼻子很高，皮肤白皙，很有点欧洲人的味道"。辛亥革命后，林庚白被推举为众议院议员，帮助孙中山召开非常国会，领导护法。后因军法破坏，孙中山愤而辞职，林也随之引退，重操老本行：研究欧美文学和中国古诗词。他本就擅长写诗填词，曾放狂言："十年前，郑孝胥今人第一，余居第二。若近数年，则尚论今古之诗，当推余第一，杜甫第二，孝胥不足道矣！"

最为人津津乐道的是他精于命相学，曾出版相学专著《人鉴》。当时许多名流要人都请他算命，轶闻很多。如徐志摩乘机遇难、汪精卫一过60岁便难逃大厄等，如同神算。当时上流圈里流传着一句话："党国要员的命，都握在林庚白、汪公纪（另一位算命大师）二人手中！"

他自然也要反复推算自己的命造，且不隐瞒，他公开对友人说他的命中一吉一凶：吉者是必能娶得一位才貌双全的年轻妻子。此后不久，他果然与年龄小他20岁的林北丽因诗结缘，成为一对烽火鸳鸯。娇妻系同乡老友林寒碧（林景行）的女儿，两人气质相投、词曲唱和，取室名"丽白楼"。而他命里的一凶，则是活不过50岁。因此重庆的几次大轰炸，都让他十分紧张。1941年初秋，他发现了一线生机，到南方或可逃过劫数。于是他携妻南避香港。不想日军偷袭珍珠港，战火烧到香港。同年12月19日傍晚，日寇的子弹穿过林北丽的右臂，射中林庚白的心脏，年仅44岁的诗人竟真的倒下了。

丈夫下葬时，林北丽写了一首祭诗："一束鲜花供冷泉，吊君转差得安眠。中原北去征人远，何日重来扫墓田。"

此后她辗转又回到重庆。文怀沙知道了这些情况，便立刻赶去重庆看望她，两人相聚一个月，分别时文怀沙留诗一首："离绪满怀诗满楼，巴中夜夜计归舟。群星疑是伊人泪，散作江南点点愁。"

中华人民共和国成立后，林北丽出任中科院上海药物研究所图书馆副主任，编纂校订了与丈夫的合著《丽白楼遗集》23卷。1997年，文怀沙从北京南下上海，为林氏一门三诗人的合集《林寒碧、徐蕴华、林北丽诗文集》作序。文、林两位白发堆雪的老人再次聚首，细述沧桑。

时隔九年，文老先生突然接到林北丽老人从医院的病床上打来的电话，要求在她还活着的时候见到他为自己写的悼词……这样一位才女，已经活成了一部传奇，死也必定不俗。所幸知音赖有文怀沙，这恰好也可成全文公的智慧和才情。

心悲易感激，俯仰泪流襟。接近百岁的文公，焦肺枯肝，抽肠裂膈，却压抑着自己的悲怆，寻找着能说透生死的方式。林北丽这样的奇女子，已经透彻地理解了生的意义，不会惧怕死亡，只惧怕平淡无奇地死去。

因此，靠哄劝没有意义，他的悼诗不是救她不死，而是送她死而不痛，护卫着她的芳魂含笑九泉。这比"把死人说活"还难。文公长歌当哭，当夜一挥而就：

老我以生，息我以死
生不足喜，死不足悲
不必躲避躲不开的事物
用欢快的情怀，迎接新生和消逝
对于生命来说，死亡是个陈旧的游戏
对个体而言，却是十分新鲜的事……
生命不能拒绝痛苦
甚至是用痛苦来证明
死亡具备治疗所有痛苦的伟大品质
请你在彼岸等我，我们将会见到生活中一切忘不了的人……
一百年才三万六千天，你我都活过了
三万天，辛苦了，也该休息了
结束这荒诞的"有限"
开始走向神奇的"无限"
我不会死皮赖脸地老是贪生怕死
别忘了，用欢笑迎接我与你们的重逢
……

在哲学意义上真正活过的人，曾热烈壮丽地拥抱过生命的人，就会有这种智慧和勇气，从容面对死神，跟生命说"再见"。真正的死，是因死而不死。不是哭天抢地的惧怕，也不是无可奈何地垂死。一般人只意识到死的空虚，所以才惧怕。看透生死的转化，死是今生不可缺少的一部分。"如果死亡是黑暗，可以武断：黑暗后面必然是光明。"还有何惧哉？

人在临终时多不流泪，哭泣的是别人。这说明死亡有活人所不知晓的快乐和平和。幸福的人是活到自己喜欢活的岁数，而不是别人希望他活的岁数。死生本天地常理，文怀沙老先生经历百年沧桑，参透了生死，其情其诗足以惊天地而泣鬼神，还愁不能慰藉一个智慧而美丽的灵魂吗？

一个月后，林北丽老人怀抱文公的悼词，安然谢世，成就了一段百年佳话、生死传奇。

运动生涯

你知道徐福生吗？球迷们大概还不至于太健忘，他是 20 世纪 50 年代的国家队队员。2003 年 10 月 15 日，徐福生骑着自行车在北京大街上与一辆轿车发生了轻微的碰撞，轿车司机在口角当中挥出一拳，打中徐福生的左耳根子，徐福生随即倒地而亡。

在这儿没有篇幅评论这场事故，我只想说它让人看到了竞技人生的脆弱。一个当年在球场上头顶脚踢、闪转腾挪，能够在急速奔跑中进行拼抢和对抗的人，就这么在大街上被人一拳毙命了？能踢足球的人身体当然要格外好，耐力、速度、强壮、敏捷、柔韧的身体……到他不能踢球了，这些优势就全都用完了，只剩下劣势了：身心疲惫，布满伤痛，有的甚至成为残疾人，多者可收获三四项残疾证书。

人们平时看到的往往是运动员最风光的一面："我后横怒起，意气凌神仙"，身轻一鸟过，球急万人呼。可有谁知道，还有一部分球员刚刚四十多岁就开始走下坡路……你真的知道什么是运动吗？

滚圆的足球是由好几块并不滚圆的皮子缝制而成的，它有接口，有缝隙，有里有外，外面被踢磨得精光，里面和接口处却藏着泥垢和被血汗浸泡的痕迹。它充足了气可风靡世界，然而世间所有充气的东西总有泄气的时候，比赛是短暂的，生活是漫长的，更别提伤痛还会放大蔓延。这就是足球人生。一旦和足球结缘，就像中了魔力，足球和人生，球运和命运就再难分辨清楚。球就是人的命，人就是球的魂。其他竞技运动又何尝不是如此？

天津有一足球运动员，因伤痛折磨而英年早逝。他生前曾留下遗愿，请家属和队友趁黑夜将其骨灰偷埋于球场之下，让自己的魂魄永远熔铸于绿茵场上，为后来的球员加油、助威。生不能看到中国足球扬威于世，死了化成灰也要给中国足球壮胆、保驾。

这是典型的运动人生。赛场上是养小不养老的，它给体育的命运添加了一种悲壮美。

赛场上的人生最是酣畅淋漓、波澜壮阔。但也残酷激烈，风云难测，胜败转于一瞬，忽而大喜，忽而大悲。而运动的全部魅力，也正在这里。运动员的命运是由信仰和忍耐构成的。可谓运动造人，人生如运动。迈开两条腿，上边顶着个脑袋——这就是"人"字。这个字其实也包含了运动的全部含义：必须奔跑，连续不断地奔跑，被绊倒了爬起来再跑，如同只要有生命就必须活下去一样。

人的生命本身正是如此，无时无刻不处于运动之中，绝对静止就是死亡。

因此，运动着的生命充满渴望，如饿虎扑食、鹰击奔兔。唯运动才能最生动地体现人类生命本质中的这种渴望。有了渴望就会有动力、有感觉，凝聚、爆发、拼抢，"发机如惊焱，飞毛从风旋"。人生突然变成瞬间的事情，输赢往往取决于最后的一秒或1%秒、最后的一枪、最后的一箭、最后的一个球……球飞进对方球门就是生，旋进自家网底就是死。

鸟儿有巢，蜘蛛有网，人类有门，有各种各样的门。竞技场上的大门是天堂和地狱的入口处。别看赛场有限，运动却极其广阔。世界上的大多数人终其一生不过是活在自己出生的地区，而运动员的生命舞台至少是以整个国家为背景，他们的视野必须是整个世界。生命苦短，人生几何，运动使人生精彩、发挥到极致，瞬间辉煌。有生如此，夫复何求？

人类创造了体育，体育又创造了人类。

赛场是地球的缩小，赛场上映照出现代世界的影像。现代社会的所有元素，赛场上都包括了，现代人类的本质也蕴含在体育运动里。比如，足球比赛有着各种详细的规则，而现实的足坛却纷扰混乱，让球迷几乎不知该抱怨谁，这和庞大的地球现状几乎毫无二致。地球上有多复杂，赛场上就有多热闹。

可见人类既非天使，亦非野兽，不过是个"运动员"。人类的各种品行体育运动里都包括了。人类所有跟外界接触的部位都是弧形的：头顶、眼珠、鼻头、嘴唇、手指肚、膝盖、脚后跟、脚趾肚、屁股……只有圆的东西才强韧、圆滑，不怕碰撞，且能钻能挤能飞能转。因此，足球所代表的体育人生最大的优势就是永不绝望、拒绝胆怯。足球滚圆，滚来滚去，今天败了明天照样滚，气瘪了可以再充气。

你只要一看到足球又在滚动飞旋，立刻就会抛弃所有绝望，重新恢复希望和感动。有时，即便是最轻率、蛮勇的拼争，也会导致意想不到的成功，随即便让人恢复了希望和感动。

体育运动喜欢铤而走险，在创造中显示力量。因此，运动是夸张的，有夸张才有激情，这一场激情的消失便孕育了下一场激情的爆发。有激情、热爱运动的人，一般都热爱生活，一阵失望过后随即又燃起一种新的希望，永远都对体育运动怀有特殊的希望和感动。

体育就是人生，就是每个人自己，所以才能成为世界性的拥有最多参与者、最让人热血沸腾、最让人感动的运动。如果你不希望，又怎么会感动？没有感动，生命就会荒芜，变得平庸和倦怠。只有希望才是四通八达的路，路路通向感动，体育运动恰好就刺激了现代人这种感动和希望。

江门的星光

中国这个"都"、那个"乡"的多了去啦，若我说还有个极特别的"明星之乡"，你信吗？

先说近的。日前，美国造币公司宣布，自2022年开始，首位好莱坞华裔明星黄柳霜的头像，将印在25美分硬币的背面，正面仍保留华盛顿的头像。这也是第一位被印到美国钱币上的华人。她祖籍是哪里？

——江门台山。

19世纪中期，黄柳霜的祖父到美国淘金。她是第三代华人，当时红透好莱坞，也是获得世界声望的首位华人影星，因主演英国电影，获邀出席英国王室宴会，与玛丽莲·梦露等三位美国影星成为"好莱坞银铸四淑女眺望台"的雕像人物。

再说远的，中国第一位电影皇后胡蝶、闻名中外的舞蹈家戴爱莲、获联合国杰出艺人奖的粤剧红派创始人红线女，以及被尊为"香港电影第一人"的黎民伟等。

——俱是江门人。

那么当代明星中可有江门籍的？

先讲影帝级的。形趣俱妙的周润发，江门开平人。幼时家境贫寒，其父是打鱼的船员，嗜赌，母亲养鸡种菜，间或到富人家帮佣。周润发中学三年级辍学，做过商行侍役、电子厂童工、酒店服务员、邮差等，一直生活在社会最底层。直到碰见伯乐进了艺员培训班，毕业后投身影视界，有人缘也有戏缘，拍片无数，获奖无数：香港银紫荆星章、香港演艺学院荣誉院士、香港浸会大学荣誉人文博士……

美国《时代》周刊评论他是"很酷的演员，将东方男性的魅力发挥到了极致"。其实，他最大的荣誉是智识过人、气质浑厚，将全部身家56亿港元捐给慈善机构："钱是好东西，能帮我们看透人心；看一个人的智慧，要看他如何对待钱。"

这个级别的，还有姿貌英敏的刘德华、聪明绝特的梁朝伟、风标独具的甄子丹等，俱是江门人。

至于也相当有些名气的演艺界成功人士，那就更多了：曾志伟、谭咏麟、郑伊健、陈百强、梁咏琪、林子祥、李克勤、容祖儿、钟镇涛、欧阳震华等。到底有多少？江门有个如香港的星光大道一样的明星主题公园，目前在公园里留下手印的江门籍明星有120位之多。江门可称得上是香港演艺界的"后台"。

我看电影、电视剧不是很多，孤陋寡闻必然少见多怪，不知中国乃至世界，还有哪一个中等城市出过这么多明星？问题来了，为什么偏偏是江门，出了这么多巨星？

我没有找到答案，自己揣摩或许有下面这些原因：江门地处珠三角腹地，以其为中心画三个圈，车程半小时的圈里有中山、佛山；车程一小时的圈里有广州、珠海、澳门、深圳、东莞；车程一个半小时的圈里有香港、肇庆……这样的位置就决定了江门在历史和文化上，其实无"门"，进出自由，水路旱路，四通八达。

这样的地理位置，培养了江门一个重要风俗：出去。被穷困的生活所逼要出去，有房有地的也要出去，去澳门、香港是小意思，下南洋诸国不在话下，远走美洲、大洋洲的也大有人在。江门人口约300万，而海外华侨500多万，所以上述明星几乎都有海外经历，或祖辈就出去了，或父辈是华侨。这使他们历练丰富，完整地承袭了民族的传统文化基因，同时又受到海外文化的熏陶……

江门并非只出文艺明星，其民风也重武。元、明、清三朝，出进士87人，武举人却有565人。江门之人才辈出包括各种人才，如明代心学奠基者陈白沙、"中国航空之父"冯如、维新先驱梁启超等。即便是当下，江门面积不足全国千分之一，却有院士34位，如陈垣、梁思成、梁思礼等。这样的比例，在全国也排在前列，如果单看地级城市，恐怕难有与其比肩者。

最后一句话包圆儿：还是江门的人文基因好。

时　　间

人生的全部学问就在于和时间打交道。有时一刻值千金，有时几天、几个月、几年乃至几十年，不值一分钱。

年轻、年盛的时候，一天可以干很多事。在世上活的时间越长，就越抓不住时间。

当你感到时间过得越来越快，而工作效率却慢下来了，说明你生命的机器已经开始衰老，经常打空转。

当你度日如年，受着时间的煎熬，说明你的生活出了问题，正在浪费生命。

当你感到自己的工作效率和时间的运转成正比，紧张而有充实感，说明你的生命正处于黄金时期。

忘记时间的人是快乐的，不论是忙得忘了时间、玩得忘了时间，还是幸福得忘了时间。

敢于追赶时间，是勤劳刻苦的人。

追上了时间，并使自己的精神生命和时间一样变成了永恒的存在的人，是天才。

更多的人是享用过时间，也浪费过时间，最终被时间所征服。

凡是有生命的东西，和时间较量的结果最后都是失败。有的败得辉煌，有的败得悲壮，有的败得美丽，有的败得合理，有的败得凄惨，有的败得龌龊。

时间无尽无休，生命前赴后继。

无数优秀的生命占据了不同的时间，使时间有了价值，这便是人类的历史。

时间是无偿赠送给生命的。获得了生命也就获得了时间，而且时间并不代表生命的价值。所以世间大多数生命并不采取和时间竞争、赛跑的态度，而是根据生存的需要，有张有弛，有紧有松。

现代人的生存有大同小异的规律性。忙的有多忙？闲的有多闲？忙的挤占了什么时间？闲人又哪来那么多时间清闲？《人生宝鉴》公布了一份很有意思的调查材料。

一个人活了72岁，他这一生是这样度过的：

睡觉 20 年

吃饭 6 年

生病 3 年

工作 14 年

读书 3 年

体育锻炼、看戏、看电视、看电影 8 年

饶舌 4 年

打电话 1 年

等人 3 年

旅行 5 年

打扮 5 年

这是平均数，正是通过这个平均数可以看到许多问题、想到许多问题。每个生命都是普通的，有些基本需求是不能不维持的。普通生命想度过不普通的一生，或者是消闲一生，会在哪儿节省，该在哪儿下力量，看着这项调查便会了然于胸。

不要指望时间是公正的。时间对珍惜它的人和不珍惜它的人是不公正的，时间对自由人和监狱里的犯人也无公正可言。时间的含金量，取决于生命的质量。

时间对青年人和老年人也从来没有公正过。人对时间的感觉取决于生命的长度，生命的长度是分母，时间是分子，年纪越大，时间的值越小，如白驹过隙；年纪越轻，时间的值就越大，来日方长。

时间，你以为它有多宽厚，它就有多宽厚，无论你怎样糟蹋它，它都不会吭声、不会生气。

时间，你认为它有多狡诈，它就有多狡诈，把你变苍老的是它，让你在不知不觉中蹉跎一生，最终让你后悔不迭的也是它。

时间，你认为它有多忠诚，它就有多忠诚，它成全了你的雄心、你的壮志。

有什么样的生命，就有什么样的时间。

一个人有什么样的时间观念，就会占有什么样的时间。

爱因斯坦创立相对论，证实时间与空间和物质是不可分割的，任何脱离空间的时间是不存在的，也是没有意义的。人如果能超光速旅行，时间就会倒流，回到过去。

倘若有一天人类能征服时间了，生命真正成了时间的主人，世界将是什么样子呢？

读书和养猪

读书和养猪,似乎并无必然的联系,却成为一个地区的信仰,当地人的立身之本、处世之道。这个地区就是今日的江西高安市。高安本是古邑,初名"建成",置县于汉高祖六年(公元前201年)。唐武德五年(622年),为避太子李建成名讳,和因其地形"北高南低,似高而安",更名为"高安",取意"道高人安"。

无从考证从何时起,当地人开始流行这样的信条:"穷不丢书,富不丢猪""养儿不读书,不如养头猪""不会读书,就会养猪"……作为高安人,最好是既会读书,又会养猪。如果书读不好,就得把猪养好。当然,两门都精通更好。

从信奉读书和养猪的成果判断,至少自唐代起,高安就已经形成了重视读书和养猪的民风。先说读书。唐代江西共出进士65名,高安区区一个县,就占了7席。宋朝共319年,江西有进士5442名,平均每县约80人,高安竟有117人。在高安历代文化人中,声名显赫的有唐代国子监祭酒、教育家幸南容。他致仕后回到家乡创办桂岩书院,藏书授徒,桂岩书院是中国历史上最早的招徒授业的私家书院之一。这当然跟高安人热衷读书有关,这里不缺少学生,并渐渐形成"书院林立,塾学发达。读书为尚,耕读传家"的风尚。

还有,北宋史学家、《资治通鉴》主要编纂者之一的刘恕,元代编著《中原音韵》（此书被公认是现代普通话的祖音）的周德清，清代三朝重臣、帝师元老朱轼等皆为高安人。对于这位朱老夫子，可以多说几句，乾隆幼年初入学，拜朱轼为师，在懋勤殿设讲坛。朱轼对乾隆要求甚严，有一次，皇帝雍正在旁边看不下去了，便对朱轼说："教也为王，不教也为王。"朱轼当即答道："教则为尧舜，不教则为桀纣。"

高安人酷爱读书，不是读死书。读书不单是为了中进士、跻身官场，而是为了培养人的正气、浩然之气。高安古时曾别称"瑞州"，写《正气歌》、其一生也如《正气歌》的南宋进士文天祥，曾任瑞州知府，府衙大门两侧的楹联至今依然醒目："泽被一州洁廉恒守以，情关九域忧乐每怀之。"这是高安人读书的目的。现在的高安人，还可以拿这两句话要求当今的官员。

因此，高安民间的读书风气不仅延续至今，甚至于今为盛，进入现代社会仍然出大师，也出高徒。譬如，中国近代物理学奠基人、著名教育家吴有训，中国23名"两弹一星"的功勋科学家中，有王淦昌、钱伟长、钱三强等都是他的学生。一个地区的文脉发达，根在民间。高安是一个县级市，竟有四所江西省的重点中学，截至2022年，高安有一万多名硕士、博士在世界各地工作。可谓高安之风，吹向全球。足见千百年来，高安人的书不是白读的。

如果说读书是养气，强健精神；那么养猪，则是为了养人，富足生活。高安自古就是"农业上县"，为实证高安人养猪的效应，先说一些数据。最令我感到新鲜的是，高安居然还有这么一个头衔："全国生猪调出大县"。高安的猪，是响亮全国的品牌。高安还是"全国粮食生产先进县""中国好粮油示范县""无公害蔬菜基地"等。"好粮油"还须"示范"？"无公害的蔬菜"只能产自"基地"？……这自然是高安的无上荣光和巨大的福气。但中国有14亿人，有多少人能吃上高安的粮油和蔬菜？难怪一进入高安地界，田成方，林成网，路相通，渠相连，让人看着都感到舒服。

一进高安市，心神便为之一振。城市洋气而古老，繁忙而整洁，朴厚的古楼宇浑然融合于新颖的现代建筑之中。感觉城市很大，不是印象中的一般县城的规模。实实在在地感受了高安之大，是当晚去逛高安的大观楼夜市。大观楼是高安古老而又辉煌的标志性建筑，矗立于城市繁华的中心，楼下便是浩浩荡荡穿城而过的锦江。高安自古被称为风水宝地，此江功不可没。

夜幕降临，远望大观楼，灯火通明。楼前人头攒动，人声鼎沸，空气中弥漫着混杂了各种美食的香气……世间商品，千奇百怪，夜市上应有尽有，真是人类物质文明的汪洋大海。有堂皇的大店，也有无数各色各样的小商铺和车摊、地摊。商品有国内的、国外的，吃的、用的、玩儿的，有价值连城的宝贝，有便宜得让人觉得如同白送的日常用品……夜市如一片无边无际的彩色灯海，身陷其中，方向顿失，加上被各种香味所诱惑，更是心神迷醉，眼花缭乱。

夜市里还有戏台、歌台，票友或喜欢喊两嗓子的人，可以排队登台献艺，台下竟然站着一大片捧场的人，一阵阵掌声，一阵阵哄笑……高安人好兴致，活得好安逸。这是我平生见过的最大、最繁华的夜市，也是高安民情、民气的具体反映。难怪高安人格外有一种地域自豪感，喜欢用一大串好词解释自己城市的名称："道德高尚，人民安居""高兴平安""高品高安"……不像有些地方的人，对自己生活的地方竟多有抱怨，甚至外地人一坐上出租车，就可听到司机发牢骚。

高安的夜市，应该是有历史传统的，苏轼、苏辙兄弟不就在这个夜市上卖过酒吗？宋元丰二年（1079年），苏轼因不完全赞同王安石的变法，被解赴台狱，坐牢受勘。苏辙"欲乞纳在身官，以赎兄轼"，自己愿意代兄长受罚、赎罪，于是被贬居高安。后苏轼也被贬谪黄州，从湖北取道修水、铜鼓到高安看望弟弟。兄弟情深，欢聚十几天，题词、写诗、作画……其诗云："卖酒高安市，早岁逢五秋。常怀简书畏，未暇云居游。"

想到苏东坡兄弟在高安夜市上一边卖酒，一边少不了也喝点，我突然酒瘾大发，特想买一包喷香的烤鸡翅、几罐冰镇啤酒，拉几个朋友坐到锦江边上，置身于江岸璀璨的夜景之中，何等惬意！只是陪同我们的是两位优雅的女士，多有不便，她们似乎也看出了我的馋相，买了许多本地知名的老酸奶，暂时转移了我对酒的渴望。

"苍然莫色映楼台，江市游人夜未回。"从苏辙的诗中看，宋时的高安夜市或收摊更晚。现代人要上班，夜市到零时就要收尾了，但有些店铺还需延续到凌晨两点。一店家告诉我，大观楼夜市有经营主体300余家，这个"经营主体"是指成规模、有固定店铺的商家。夜市有5000多名从业人员，每晚的顾客不低于20000人，逛夜市而不花钱的人极少。我对此深表赞同，好吃好看的东西这么多，怎么能捂得住钱包，特别是带着孩子或朋友来的。夜市每晚的营业收入平均二十余万元……

我们从大观楼夜市拐进旁边瑞州府衙里的宣化坊，看着大门两侧的老对联"草木知春国计中兴时雨润，江山如画民心大定惠风和"，不禁感慨系之。

长江的口袋

长江，自西向东穿过八百里洞庭，浩浩荡荡进入洪湖地域，陡然转头奔向西北，而后，又转向东北，再奔东南……兜来转去，在武汉市西南方，形成了一个巨大的口袋般的湾，此谓"簰洲湾"。这个长江的"大口袋"，造就了长江进入武汉的第一个泛水沼泽季节性湿地，人称武湖湿地。

从武汉经济技术开发区的繁华地带去往口袋湿地，要经过一大片平原，土地肥得真是插根棍儿就发芽。明媚的四月天，春麦已经抽穗，仍绿得冒油，麦稞极密，挤成一片片厚实的"绿绒毯"，一般的风都无法在广阔麦田里鼓起麦浪。

这是实实在在的密植，皆因江汉平原的地力太肥了。人生天地间，唯土地最为重要。大地是地球的精华，有地才能养人。所以人类居住的星球叫"地球"。

穿过阔野的，是一条笔直的柏油路，路两旁矗立着整齐而密集的杉树——这里连大树都密植！树干笔直地插入云空，多是粗如一抱，细的也有两拃，从底部到树梢，长满长长的枝条，大枝条上又有无数细密的枝叶，植物学家为其命名"落羽杉"。非常贴切的名字，确是一身"羽毛"。

落羽杉护卫着柏油大道，使其变成一条长长的胡同。出了大树的胡同，还要走很长一段路，才到达长江口袋湿地的原野。眼前一派野趣，水面开阔，草色青青。踏进湿地，野棘勾衣，清飙远扬，脚下、路边，随处都是繁盛的野花。

大片的江苇密集而精壮，粗的像高粱秆，苇叶宽大，是端午节包粽子的好材料。芦苇丛中藏着许多北方叫"呱呱叽"的鸟，如交响一般鸣唱着，与远处的蛙声相呼应。受到惊扰，它们像箭一样，从苇丛中射出，在空中画个半圆，又迅疾地钻进苇丛……

天地有大美，自然而然，便成奇绝。是长江洄流湾，形成这典型的泛水沼泽季节性湿地，生境独特，不可复制。江河交汇、湖泊相连的滩涂，为长江生物多样性提供了繁衍生息的温床。湿地，也是武汉重要的生态屏障。正所谓"水善利万物而不争"，水，就是大美大善。

我脚下沾满黑泥，无法往湿地纵深跋涉，只能走马观花地一饱眼福。若要感受这个长江"口袋"的历史文化血脉，还需乘船到江面上去。古老而又生命力强健的长江，在此纠结并最终穿境而过，可想而知，这里是历史绕不过去的节点。来到这里，一定要重温精彩的历史故事。

船行若风，开波鼓浪，两岸或层峦叠嶂，或草木葱茏。迎着夕照，陡岸苍茫的纱帽山，远看确是状若纱帽。此山因大禹的后人禹青"飞帽堵水"而得名，后来，却成为赤壁之战的主战场。据《汉阳府志》记载："旧传周瑜遣黄盖领百人诈降曹操，因其不备而掩之。"因此，纱帽山又称"百人山"。

设法山则山体众多，林木葱茏，诸多山体之间河网密布，山环水绕，与壁立于长江北岸的大小军山，形成天然的三角之势，为兵家要地。三国时期，诸葛亮曾屯兵于此，并从当地农夫的话中得到启发："凡事要设法，天不设法，地不设法，只有人设法，才能对得起天和地。"

设法山名副其实,赤壁之战中最重要的三条计策,均出自此山:周瑜利用蒋干过江当说客,设"反间计",杀了曹操的水军将领蔡瑁、张允;诸葛亮与庞统在此筹划了"连环计",让曹操链锁战船,后来黄盖才得以火攻得手;诸葛亮在此成就了"草船借箭"的奇功,一夜之间,送给了周瑜十万"狼牙"。

如今,在大小军山与设法山环抱的三国古战场上,还留有诸葛亮借东风的"祭风台",助黄盖成就大功的"擂鼓墩"……我们也在三国的历史故事中流连忘返,仿佛赤壁之战的烽烟,还余绪袅袅,低回不已。

直到天色将晚,才弃舟登车。在回住地的路上,又见一奇观,当然是城里人的少见多怪。一个举眼望不到边的大樱桃园,上空罩了一张巨无霸的铁网,而樱桃园的四周却没有铁网护卫。猎奇心重的同行者,要求下车一观究竟。下车即有清香漫溢,沁人肺腑,不觉深吸几口气。樱桃园属于旁边的郧阳村所有,村边的大道旁,排列着高大的樟树,沁人肺腑的异香,就是此树散发出来的。好客的村里人引领游客步入樱桃园,还说,可以随意品尝。每棵树的枝条上,都挂满了果实,已经成熟的樱桃确实很甜,而且,带有一股鲜嫩的香气。

村里人告诉我们,园子上空的铁网是防鸟的。这里距湿地太近,鸟儿太多,没有网子,大鸟小鸟都来,这么大的园子竟会颗粒无收,连掉在地上的果子都能被鸟吃光。我问,四周没有网子,鸟会不会从边上钻进来呢。他说不会,鸟儿都是从空中来,不会从下边钻,即使有个别的从旁边飞进来,受到惊扰一逃跑,便会撞网而亡。

人不害鸟,鸟抢人食,就不得不防。令人更为惊奇的是,这郧阳村的樱桃园以及长江口袋湿地、三国古战场等,均属于武汉经济技术开发区管辖。人们一般都把经济技术开发区想象成是现代化的科技城、高精尖的密集产业群。殊不知,武汉经济技术开发区不仅有现代化的产业,还有平原、田野、村庄、湿地以及江河湖泊等,面积将近500平方公里。将现代科技与当地的历史文化、长江地域文化极其自然地融合为一体，总会形成得天独厚的巨大优势吧。

难怪有人总结这里是"上苍垂青、地利天然、历史悠久"之地。文化是精神的血脉，是经济发展深层而持久的动力。武汉经济技术开发区不仅地域广阔，还有丰富的文化资源。长江的这个巨大的"口袋"，装着不少故事，如今，已经成为武汉经济技术开发区取之不竭的发展源泉。

群众演员

走进一座庞大的影视拍摄基地，眼界大开，或曰脑洞大开，真真切切地感受到社会进入娱乐时代，需要庞大的演艺业支撑。也就是开展广泛的演出娱乐活动，以支持文化产业在GDP中所占的比例。我不禁想起曾被称为"作家富翁"或"富翁作家"的张贤亮，他可能是中国最早开办影视城的，免费给拍摄者提供方便，但拍摄完成后要留下一些影视剧中的服装道具以及影星的照片等。想当演员或对演艺有兴趣的群众无以计数，他们蜂拥而至，购票参观，以窥明星们的种种拍摄花絮。也因此成就了张贤亮的致富传奇。

娱乐时代的一个重要标志，就是群众演员兴盛，队伍庞大，且各色人等花样齐全。群众即演员，演员即群众。拍摄基地大门内外似乎永远都有相当数量的"群众"，等待成为"演员"。在这里，"鲤鱼跳龙门"不再是神话，已经大红大紫的明星，有些当初就做过群众演员，甚至是从拍摄基地的大门口"漂"出来的。全国每年仅电视剧拍摄就有上千部甚至数千部，据传今年只一部《外来媳妇本地郎》就要突破3100集，更别提层出不穷的"抗日神剧"，影视屏幕上每天少则两三部，多则十来部，赶上日本投降的日子，鬼子形象几乎霸占了荧屏。给人的感觉是随便在大街上抓个人，就能驾轻就熟地演好日本鬼子，而且还能活灵活现地展示鬼子的阴毒、狡诈和残暴。鬼子出演员，演鬼子易出名，似乎也是一条混迹于演艺界的捷径。记得在老电影《平原游击队》中，扮演日本鬼子松井的长春电影制片厂演员方化，被评为"演活了松井"。那个时候能在银幕上演好鬼子的似乎就他一个人。是那时人们心灵拘谨、演坏蛋放不开？还是现在银屏上对坏蛋的需求量大增，促成鬼子形象大爆发？

或许人的现代性，除去科学知识的丰富与发展、人性的复杂与开放，还包括演艺潜能的极大开掘。再加上商业社会无孔不入的诱惑，演而优则富，出名就有利，而表演似乎是娱乐时代名利双收最快捷的途径。所谓"一剧成名""一夜成名"的致富故事多发生在会表演的人身上。有个口号曾经呼喊得非常响亮，即"从娃娃抓起"："足球要从娃娃抓起""环境保护要从娃娃抓起"……这么多年过去，"从娃娃抓起"大见成效的唯有表演。过去六七岁能登台演出的"六龄童""七岁红"凤毛麟角，如今三四岁就在各类演艺节目中走红，然后走穴、演出的不计其数。各地电视台的娱乐节目都少不了各种童星，而且年年岁岁还在一批批不断涌现着各个门类的"小人精"。所以从成人群众中抓一个就能演日本鬼子，又算得了什么？

然而会演戏的又岂止是年轻人和娃娃？现代表演也不是舞台和影视荧屏所能局限的，大街上随时都会有精彩的演出。比如"碰瓷"，已经碰得老年人在公众场合摔倒，无论真假都没人敢扶了，甚至还在社会上引起一场不大不小的争论："是老人变坏，还是坏人变老？"还有行乞的、诈骗的，个个都有一套演技。"职业哭丧者"的队伍也似越来越壮大，让本来是一种情到深处的感情流露，变成实实在在的痛哭表演。因现代"孝子"们常常不会哭，或哭不出来，而这些八竿子打不着的人却能哭得昏天黑地，一把鼻涕一把泪地强化了治丧的悲哀气氛。

　　不是有句套话叫"人生如戏"吗？就像戏剧一样，生活中也存在着演员和表演。花花世界，越花越不嫌花；越是无奇不有，人们越是好奇。不仅哭可以成为一种表演，再配以嬉笑怒骂、唱念做打，在娱乐至上的现实生活中，擅长表演没准真能混成个人物。

横琴变奏

珠海多"珠",有大大小小146座岛屿,如一颗颗翠珠洒落于海。

其中,最大的一颗当属横琴岛。横琴岛分大、小横琴,若两把古琴摆放在珠江口外的碧波之上。多年来,吟风啸浪,相对而鸣,或急或缓,如泣如诉……

珠江三角洲多"门":江门、虎门、崖门、横门、斗门、磨刀门、十字门……横琴岛有两个门,西面磨刀门,东面十字门。出十字门向东,便是著名的伶仃洋,与珠海的外伶仃岛遥相呼应,更像是横琴的知音。

在外伶仃岛的巨石上,刻着文天祥的千古绝唱《过零丁洋》:

> 辛苦遭逢起一经,干戈寥落四周星。
> 山河破碎风飘絮,身世浮沉雨打萍。
> 惶恐滩头说惶恐,零丁洋里叹零丁。
> 人生自古谁无死?留取丹心照汗青。

文天祥为江西庐陵人,在赣江的"十八滩"中,确有一个"惶恐滩",江流湍急,礁群狰狞,令行船者惶恐惊怖。当年元军统帅张弘范逼迫被囚的文天祥以南宋丞相的身份写信招降坚守在十字门的宋军统帅张世杰，文天祥一挥而就了写出这篇七律。

这也是大小横琴发出的一次激昂壮烈、椎心泣血的鸣响。

1279年，南宋流亡政权覆亡于此。十字门成为古时最著名的一个地方，并成就了一部忠、义、节、烈的传奇。

"忠"的主调，当是由文天祥完成的。他被俘后几乎所有的元朝高官和已经降元的宋廷同僚，都费尽心机劝降他，想借他的投降而立功，却都被文天祥或讥、或讽、或骂地顶了回来。元朝刚立国，急需治国能臣，开国皇帝忽必烈遍访大臣，很巧，遇上了大都举荐文天祥。他不得不亲自出面招降，并许诺道："汝以事宋之心事我，当以汝为宰相。"

文天祥却不为所动，说："我为大宋宰相，安能事二姓！唯愿一死，足矣！"

忽必烈无奈，又召来早被囚于元营的宋恭帝做文天祥的思想工作，皇帝劝自己的宰相一起投降敌人，这在中国历史上绝无仅有。自己的皇帝出面，文天祥只好收敛锋芒，连忙说："圣驾请回，圣驾请回……"让这个倒霉的皇帝碰了颗"软钉子"。文天祥在污秽狭小的土室里，被囚了两年多后被杀害，留下了不朽的《正气歌》。其耿耿忠心，被史学家们誉为"三千年间，人不两见"。

将"义"字诠释得淋漓尽致的，是十字门守军主帅张世杰。他明知大势已去，如果投降，不仅能保命，还可享受荣华富贵，眼前就有例子：敌营的主帅是他的叔伯兄弟，他的外甥降元后，也有个不错的功名，并三次进帐招降他。但张世杰始终正气凛然，誓死尽职。最后时刻，他登上舵楼，迎着狂风对天呼号："我为赵氏，仁至义尽！一君亡，复立一君，今又亡。我若不死，只望敌兵退后，别立赵氏后人以存社稷。今又遇此，岂非天意！"顿时，海天变色，狂风呼啸，怒涛如山，刹那间，大海便将张世杰和他的战船以及残余宋军全部吞没。历史，留住了他的英魂。

与文天祥、张世杰同朝的陆秀夫,则背着幼主跳海,将"节""烈"推向了极致。

陆秀夫是宋宝祐年间的进士,同榜的进士还有文天祥,古人称之为:"忠节萃于一榜,洵千古美谈。"1278年,为逃避元兵至广东石冈州(今广东省新会区)的宋端宗赵昰病逝,当时,他还不足十岁。"群臣皆欲散去",唯陆秀夫站出来力挽狂澜:"度宗皇帝一子尚在,将焉置之?古有以一旅一成中兴者,今百官有司皆具,士卒数万,天若未欲绝宋,此岂不可为国邪?"于是,他拥立年仅六岁的卫王赵昺为帝。很遗憾,南宋王朝已是风雨飘摇、人心惶惶。陆秀夫每次上朝,"俨然正笏立,如治朝,或时在行中,凄然泣下,以朝衣拭泪,衣尽浥,左右无不悲动者"。

张世杰战败,南宋王朝最后一线希望破灭,宋朝君臣除去投降,别无他路。陆秀夫便先驱自己的妻儿跳海,然后,入船舱把小皇帝赵昺请到船头,倒头泣拜:"国事至此,陛下当为国死。德祐皇帝(宋恭帝)辱已甚,陛下不可再辱!"哭诉毕,他背起小皇帝,纵身跳入滚滚怒涛。此时的小皇帝,已年满七岁,应该懂事了,显然,他也听懂了陆秀夫的话,知道陆秀夫背起他要干什么,但是,他不哭、不闹、不挣扎,不失天子尊严地随着最可靠的大臣,蹈海赴死。小小年纪,难得有这份烈性,与高风亮节的陆秀夫共同铸就了中国历史上朝廷频繁更迭中最为凄美壮烈的一幕。

横琴岛真是一座奇岛。它见证过中国的历史,接受过惊天地泣鬼神的历练,随后,竟能把自己藏起来,从历史的大热闹中毅然抽身,回归简朴与自然,在人们的眼皮底下,淡出了人们的视线。

横琴一藏就藏了七百多年,它藏风纳气,休养生息。直养得山清水秀,土地丰润,就连牡蛎都格外肥美……岛上百步万棵树,块块奇石都是景,晴天十步一瀑布,雨时处处挂水幕。岛的四周,海湾像花边一样相互勾连，或沙滩绵延，或怪石嶙峋……

终于，横琴等来了自己的时刻。2009年8月，国务院正式批准实施《横琴总体发展规划》，将横琴纳入珠海经济特区范围。曾经的壮怀激烈，曾经的大浪淘沙，都化作丰厚的精神积淀，培养了横琴的沉实、从容与大气。谋定而后动，后发而先至——在人类社会的发展与进步中，屡见不鲜。

琴弦已调好，总谱业已写就。此时的横琴，视野雄阔，气度朗健，要弹奏新的"十字门变奏曲"：大海扬波，清风鼓荡，十字交汇，门通天下。横琴必兴，又将震古烁今。

田地里生长出来的城市

因被两个年轻人吸引，我对中新广州知识城产生兴趣。这两个年轻人一个是新加坡人，大学毕业后来中国留学，获得学位后回国服兵役两年，退伍后参加工作，被新加坡政府派到中国，任知识城集团战略合作部总经理。他谈大业如话家常，简静自重，姿禀不俗。另一个是陕西人，大学毕业后到新加坡留学，学成归来工作数年，现任知识城集团投资促进部总经理。他沉稳干练，介绍公司情况时语速很快，富有激情。他们身上，有一种我平常在其他企业高管那儿很难见到的清新、真实，以及自然而然的轻松和自信，这不能不引起我的好奇。

因疫情，他们都两年多没有休假回家了，尤其想念孩子……在当下尽人皆知的经济环境下，他们的那份从容自若和"新加坡元素"，不能不引起我的好奇。

知识城的总体规划，由被誉为"新加坡规划之父"的刘太格领衔设计，他曾是新加坡国家总规划师、2008年北京奥运会场馆规划评审委员会主席。新加坡人不仅把自己的城市管理得井井有条、一尘不染，也善于"造城"。自中国改革开放以来，新加坡参与投资创建的中新苏州工业园区便是一座新型工业城。之后又在天津滨海新区东北部的盐碱滩上，建起一座优美宜人的中新生态城。广州知识城则是第三座见证现代人类知识结晶的神奇之城。2010年，中国和新加坡联合投资，在广州九龙镇开始兴建知识城。如今的知识城，累计注册市场主体已达2.4万家，注册资本近4815亿元，仍在不断地聚集高端产业、前沿技术、顶尖人才……

知识如何成城？这又是怎样的一座城？

实际上，这是一个将新加坡的管理经验融入中国国情、具有全球影响力的知识中心，是提倡知识创造财富、彰显商业奇迹的致富经济之城。此城的大手笔是三大"集团军"：第一，目前顶尖的生物制药产业集群。新加坡的百吉生物，中国的百济神州、诺诚健华、康方生物等数十家医药界大企业，聚于知识城集团的麾下，一批世界级创新药在此生产。第二，集成电路产业集群。这是全国集成电路第三级核心区，有多项核心技术在此实现零的突破。第三，先进的智能制造及中国纳米科技创新能力的产业高地。新加坡能源集团以及诸多能源和制造业厂家不断加盟，已在这里形成新能源汽车产业集群。

此外，知识城将其所辖的农业，变成了种植工业。对照上面说的集团军，种植农业看似小打小闹，实际上却能让村民实实在在地富起来。譬如，迳下村搭建了一个只占地五亩的白色钢结构大棚，里面一层层、一排排，无土栽培各色蔬菜。棚内一派生机，蔬果色彩鲜亮，长势茁壮。

农工进棚，需穿工作服，戴好头套、穿好鞋套，还要经过一个风淋间消毒。出棚的蔬菜，经水一冲洗就可入口，用来做沙拉最方便，直销高端连锁店和餐厅。此棚年产蔬菜约17万斤，产值近200万元，获利是传统蔬菜生产的20倍。

平均每亩年产3万多斤，这个数字令我心生疑虑，于是虚心请教了一位朋友。朋友说，这不是产粮食，蔬菜比粮食分量重得多，在广东不是大棚也有可能生产出这个数。因为一年要收割几次，何况还是大棚。棚内少则两三层，多则四五层，五亩地的大棚，里面两层就等于十亩，四层就相当于二十亩……

我心释然，越发对"知识进入魔幻时代"的说法产生兴趣。

知识城从迳下村流转了一千亩土地，创建了农业公园种植试验田。若按蔬菜大棚的效益计算，这一千亩的经济效益岂不大发了！

种植不仅要实现工业化，还要形成农业公园，定然有其美观和娱乐性的特质。其中有一种引进的"巴斯马蒂米"，属于粗粮大米，熟了一茬又一茬。米中含有较高比重的"抗性淀粉"，食用后比一般大米更能保持人体的血糖稳定。我想起上个世纪六七十年代，那个时候吃粮限量，凭粮本购买大米，北方大城市长期供应机米、线米，极粗糙难吃。但比稻米出数，吃了经饱，搪时候。奇怪的是，改革开放后，那种米一下都不见了。知识城引进的这种能控制人称"富贵病"的米，不会就是过去机米、线米卷土重来吧？

当晚，我们一行人在迳下农业公园的小火车上，吃了一顿丰盛的"农家乐"大餐，其中有一盆白米饭。有人说这就是"巴斯马蒂米"，比普通稻米粒略细，又不像香米那么纤细，但绝不是过去的机米、线米，很好吃。有同伴吃了两碗，不便问他是不是血糖高。

迳下村的集体收入由过去的 28 万元，增加到去年的 280 万元。农民的平均年收入，由过去的 18000 元增加到 28000 元。过去种地是苦差事，1200 人的村子已经"空心"，如今村里的年轻人开始陆续回村工作。农业变成"种植工业"的经济效应，还在逐步显现。

知识是活的，每个村庄的历史文化和自然条件不同，知识致富的路径也不尽相同。比如麦村就成立了 20 个农庄，年产值近 800 万元。还有 25 个类似杂货铺的小商店，年营业额达 700 多万元……这个村的故事就更长了，我写出这一串串数字，连自己都觉得知识城治下的村庄赚钱太容易了，还真有点"魔幻现实"的意思。

其实并不容易，只是我写得容易，毕竟现在连一些职业经理人都抱怨赚钱太难了。知识城的致富神话证明了一个观点：世界上从来没有真正的绝境，有的只是人的绝望，而绝望不过是一种思维。

那就换个思维试试。首先要认识到，在这个时代，知识不只是力量，而是比力量更有力的东西。譬如，把农田变成公园，并不是闹着玩儿的，看它的全称"纳米农业核心公园"就知道了。这就涉及中新广州知识城的另一个显著特点——人与自然和谐共生。

知识城并非打造"石屎森林"，让一座原来的城市膨胀。它是从田地里"生长"出来的城市。院士谷和中国纳米谷就建在迳下村，野旷湿润，风送花香。围着池塘、沿着道边行走，只见一排排高高的竹林，如一道道形状不同、图案不同的翠屏。"翠屏"深处是纳米产业示范区，令人心旷神怡。

而院士谷占地 2.5 万平方米，有 4 个院士工作室，还有可容纳 150 人的设施齐全的多功能厅。科研、办公、展览、住宿，功能一应俱全，条件优越，环境优美。这真是锦上起锦，花上添花，"进一步繁华都市，退一步世外桃源"。

知识城就这样从田野里"生长"出来，这样的事业本身就是创造。莎士比亚有言，"知识是我们飞向天堂的翅膀"，知识城理应美如天堂。城在哪里？在村中。村在哪里？在城中。网络上流传着一句话叫"北有中关村，南有知识城"，北京的知识城是"村"，广州的中关村叫"城"。

知识城最重要的定位，是"世界性的集聚知识型高端人才的人才荟萃之城"。这有点绕口，简而言之就是聚集来自世界各地的各种高端人才。精英人才最为宝贵，他们承载着知识城的现实和未来。目前，知识城由 20 多位国内外院士领衔，各个科技和创新门类也有自己的顶尖人才，并借助新加坡学界、商界以及政界深厚的网络资源，联合新加坡南洋理工大学、中国华南理工大学等高校，打造了一个高层次的国际科技成果转化平台，这对世界级人才就更具吸引力了。于是，人才队伍呈阶梯状，一级一级接上来，研究生、博士生培养规模已达3000多人。多元创新资源，已成为源源不断之势。

最妙的是，由于知识城对顶尖人才的高度重视，其治下的麦村竟成了名副其实的大厨村，先后涌现了100多位粤菜大厨。知识城原计划20年后才达到50万人，眼下哪儿安排得了这么多大厨？于是他们被分散到全国各地的大饭店做总厨，人称"广州粤菜师傅"。一个村庄为什么能出这么多大厨呢？这是传统，就如同有读书成风的"进士村"、家家养花的"花匠村"、习武盛行的"武状元村"一样。以前不在意，现在知识城重视人才，各路能人便纷至沓来。

这就是知识城的社会效应：立足广东、辐射华南、示范全国。毋庸讳言，在当下，它的确是一座给人鼓劲的城，增加了人们对生活的信心和勇气。

童年就是天堂

天堂往往被神话故事描绘得云遮雾绕、虚无缥缈，没有绿色和人间烟火。我所经历过的天堂恰恰相反，那里一片绿色，而且是一种生机勃发的翠绿，富有神奇的诱惑力和征服性……

差不多人人都有过这样的天堂——童年。

童年的色彩就是天堂的颜色，它为人的一生打上底色，培育了人命运的根基。因此，随着年纪的增大，人会更加向往能再次躲进童年的天堂。

我儿时的冬季是真正的冰天雪地，没有被冰雪覆盖的土地，被冻得裂开一道道很深的大口子。即使如此，农村的小子除去睡觉也很少待在屋里，整天在雪地里摸爬滚打。棉靴头和袜子永远是湿漉漉的，手脚年年都冻得像胡萝卜，却仍然喜欢一边啃着冻得梆硬的胡萝卜，一边在外面玩耍，撞拐、弹球、对汰……

母亲为防备我直接用棉袄袖子抹鼻涕，却又不肯浪费布做两只套袖，就把旧线袜子筒缝在我的袄袖上，像两只毛烘烘的螃蟹爪，太难看了。但这样一来，我抹鼻涕就成"官"的了，不必嘀嘀咕咕、偷偷摸摸，可以大大方方地随有随抹、左右开弓。半个冬天下来，我的两只袄袖便铮明瓦亮，像包着铁板一样光滑、刚硬。一直要到过年的时候，老娘才会给我摘掉两块"铁板"，让我看见并享受到真实而柔软的两只棉袄袖子。

春节过后，待到地上的大雪渐渐消融，最先感知到春天信息的反倒是地下的虫子。在场院的边边角角比较松软的土面上，出现了一些绿豆般大小的孔眼。我到阳坡挖一根细嫩的草根，将其伸到孔眼里，就能钓出一条条白色的麦芽虫，然后用麦芽虫去捉鸟或破冰钓鱼。鸟和鱼并不是那么容易捉到，作为一种游戏却很刺激，极富诱惑力，年年玩儿，年年玩儿不够。

二月二"龙抬头"之后，大地开始泛绿，农村就活起来了。我最盼望的是榆树开花，枝头挂满一串串青白色的榆钱儿，清香、微甜，可生吃，可熬粥，可掺到粮食面子里贴饽饽，无论怎么吃都美味。农村的饭食天天老一套，能换个花样就是过节。这个时候又正是农村最难过的时候，俗称"青黄不接"——黄的（粮食）已经吃光，新粮食尚未下来。而农民却不能不下地干活了，他们正需要肚子里有食，好转换成力气……

一提到童年的天堂，就先说了这么多关于玩儿和吃的，难道天堂就是吃和玩儿？这标准未免太低，也忒没出息了，让现在的孩子无法理解。现代商品社会物质过剩，食品极其丰富，孩子们吃饭成了家长们的一大难题，家家的"小皇帝"们常常需哄着吓着才肯吃一点儿。在我小的时候，感觉肚子老是空的，早晨喝上三大碗红薯粥，小肚子鼓鼓的，走上五里路一进学校，就又感到肚子瘪了。可能是那个时候农村的孩子活动量大，平时的饭食又少荤腥多粗粮，消化得快，肚子就容易饿。容易饿的人，吃什么都是享受，便觉得天堂不在天上，生活就是天堂。而脑满肠肥、经常没有饥饿感的人，饥饿也可能成为他们的天堂，或是通向天堂的阶梯。我记得童年时候每次从外面一回到家里，无论是放学回来，还是干活或玩耍回来，第一个动作就是翻摸吃的，好像进家就是为了吃。俗云："半大小子，吃死老子！"会过日子的人家都是将放干粮的篮子高高悬于房顶，一是防儿，二是防狗。这也没关系，在家里找不到吃的，就到外面去打野食，农村小子总会想出办法犒赏自己的肚子——这就是按照季节吃，与时俱进。

春小麦一灌浆就可以在地里烧着吃，那种香、那种美、那种富有野趣的欢乐，是现在的孩子吃任何东西都无法比拟的。进入夏秋两季，地里的庄稼开始陆续成熟，场院里的瓜果梨桃逐渐饱满，农村小子天天都可以大饱口福。青豆、玉米在地里现掰现烧，就比拿回家再放到灶坑里烧出来的香。这时候，我放学回到家不再直奔放饽饽的篮子，而是将书包一丢，就往园子里跑。我们家的麦场和菜园子连在一起，被一条小河围绕，四周长满果树。或者上树摘一口袋红枣，或者找一棵已经熟了的转莲（向日葵），掰一口袋转莲籽，然后才去找同伴玩儿，或按大人的指派去干活，无论是玩儿或干活，嘴是不会闲着的。

甚至在闹灾的时候，农村小子也不会忘记大吃。比如闹蝗灾，蝗虫像狂风搅动着飞沙走石，铺天盖地，自天而降。没有人明白它们是从哪里来的，怎么会有那么多，为什么没有从小到大的成长过程，一露面个个都是凶猛的大蚂蚱，就仿佛是乌云所变，随风而来，无数张黄豆般大的圆嘴织成一张能摧枯拉朽的绝户网，"大网"网过后庄稼只剩下了光秆儿，一望无际的绿色变成一片白秃秃。大人们像疯了一样，明知无济于事，仍然不吃不喝、没日没夜地扑打和对其烟熏火燎……而孩子们对蝗虫的愤怒，则表现在大吃烧蚂蚱上，他们用铁锹把蚂蚱铲到火堆上，专吃被烧熟的大蚂蚱，那一肚子黄籽，好香！一个个都吃得小嘴漆黑。

当然，农村的孩子不能光是会吃，还要帮着家里干活。农村的孩子恐怕没有不干活的，可能从会走路开始就得帮着家里干活。比如，晒粮食的时候负责轰鸡赶鸟、大人干活时在地头守着水罐等。农村的活儿太多太杂了，什么人都能派上用场，孩子们不知不觉就能顶事了，能顶事就是长大了。男孩子第一次下地，还有一种荣誉感，类似西方有些民族的"成人节"。我第一次被正式通知要像个大人一样下地干活,大概是五六岁的时候,我记得我还没有上学,提一个小板凳跟母亲到胡萝卜地间苗。母亲则一只手挎一个竹篮,篮里放一罐清水,另一只手里提着马扎。我们家的胡萝卜种在一片玉米地的中间,方方正正有五亩地,绿茵茵、齐刷刷,长得像蓑草一样密实。我们从地边上开始间苗,母亲坐在马扎上一边给我做样子,一边讲解,先问我胡萝卜最大的有多粗,我举起自己的胳膊,说最粗的像我的拳头。母亲就说两棵苗之间至少要留出一个拳头的空当,空当要留得均匀,但不能太死板,间苗要拔小的留大的……

许多年以后,我参军当了海军制图员,用针头在图板上点沙滩的时候,经常会想起母亲给我讲的间苗课,点沙滩就跟给胡萝卜间苗差不多,要像筛子眼儿一样点出规则的菱形。跟随母亲下地间苗时,我最大的问题是坐不住,新鲜劲儿一过就没有耐性了,一会儿蹲着,一会儿站起来,一会儿喝水,喝得肚子圆鼓鼓的又不停地撒尿……母亲后来降低要求,我可以不干活但不能乱跑,以免踏坏胡萝卜苗。于是她就不停地给我讲故事,以吸引我坐在她身边,从天上的星星直讲到地上的狗熊……那真是个幸福的下午。自从我能下地野跑了,就很少跟母亲这样亲近了。

小时候我干得最多的活是打草,我们家有一挂大车,驾辕的是牛或者骡子,还有一头黑驴,每到夏秋两季,这些大家伙们要吃的青草大部分得由我供应。那时候的学校也很有意思,每到天热,地里、家里活儿最忙的时候,也是我最愿意上学的时候,学校偏偏放假,想不干活都不行。夏天青草茂盛,打草并不难,难的是到秋天……

秋后遍地金黄,金黄的后面是干枯的白色,这时候的绿色就变得格外珍贵了。我背着筐,提着镰刀,满洼里寻找绿色——在长得非常好的豆子地里兴许还保留着一些绿色。因为豆子长高以后就不能再锄草了,好的黑豆能长到一人高，枝叶繁茂，如棚如盖。豆子变黄了，它遮盖下的草却还是绿的，鲜嫩而干净。秋后的嫩草，又正是牲口最爱吃的。在豆子地里打草最苦最累，要在豆秧下面半蹲半爬地寻找，找到后跪着将草割掉或拔下。嫩草够一大把了，再爬到地外边放进筐里，然后又一头钻进汪洋大海般的豆子地。

我只要找到好草，就会不顾命地割满自己的筐。当我弯着腰，背着像草垛般的一筐嫩草，迎着辉煌的落日进村时，心里满足而又骄傲。乡亲们惊奇、羡慕，纷纷问我嫩草是从哪儿打来的，还有的会夸我"干活欺（沧州话就是不要命的意思）"！我不怎么搭腔，像个凯旋的英雄一样走进家门，通常都能得到母亲的奖励。这奖励一般分两种：一种是允许我拿个玉米饼子用菜刀切开，抹上香油，再撒上细盐末吃。如果她老人家更高兴，还会给我三分钱，带上一个焦黄的大饼子到街里去喝豆腐脑。你看，又是吃……现在想起那玉米饼子泡热豆腐脑，还香得不行。

我最怵头的活儿是拔麦子、打高粱叶子和掰棒子。每当我钻进庄稼地，都会感到自己是那样的弱小和孤单。地垄很长，好像比赤道还长，老也看不到头。我不断地鼓励自己，再直一次腰就到头了。但，腰直过十次了，还没有到头。庄稼叶子在身上、脸上划出许多印子，汗水黏住了飞虫，又搅和着蜘蛛网，弄得浑身黏糊糊、紧绷绷的，就盼着快点干完活，跳进大水坑里洗个痛快……

令我真正感到自己长大了，家里人也开始把我当大人用，是在一次闹大水的时候。眼看庄稼就要熟了，突然大雨不停，大道成了河，地里的水也有半人深，倘若河堤再出毛病，一年的收获将顷刻间就化为乌有。家里决定冒雨下地，往家里抢粮食，男女一起出动，头上顶着大雨，脚下踩着齐腰深的水，把半熟的或已经成熟的玉米棒、高粱头和谷子穗等所有能抢到手的粮食，摘下来放进直径近两米的大笆箩。我在每个笆箩上都拴根绳子，将绳子的另一端系在自己腰上，浮着水一趟趟地把粮食运回家。后来我全身被水泡得像白萝卜，夜里睡得像死人一样，母亲用细盐在我身上轻轻地搓……

至今我还喜欢游泳，大概就是在那个时候练的。在我十四岁的时候，母亲去世，随后我便考到城里上中学，于是童年结束，从天堂走进人间……但童年的经历却滋养了我的整个生命，深刻地影响了我一生的生活。我不知别人是不是也这样，我从离开老家的那一天起，就经常会想家，怀念童年的生活……

悠悠世路不见痕

在我青年时喜欢的歌曲里有一句歌词："一条小路弯弯曲曲细又长。"命运和文学结合在一起，路就会变得愈加崎岖和坎坷。这第一步是怎么开始的呢？是因为幸运，还是由于灾难？是出于必然，还是纯属偶然？是先天的，还是后天的？我有许多说不清的问题，其中一个就是为什么和文学结下了不解之缘。

也许，这路从少年时代就开始了？当时我可实在没有意识到。

豆店村距离沧州城只不过十多里路，在我幼年的心里却感觉好像很遥远。我的"星期天"和"节假日"就是跟着大人到十里八里外去赶一次集，那就如同进城一般。据说城里是天天赶集的。我看得最早和最多的"文艺节目"，就是听村里那些能能人讲神鬼妖怪的故事，他们讲得活灵活现、阴森可怖，仿佛鬼怪无时不在、无处不有。晚上听完鬼故事，连撒尿都不敢出门。那些有一肚子故事的人，格外受到人们的尊敬，到哪家去串门，都有人敬烟、敬茶。

记得有一次为了看看火车是什么样子，我跑了七八里路来到铁道边，看着这比故事中能盘山绕岭的蛇精更为神奇的"铁蟒"在眼前隆隆驰过，真是大开眼界，在铁道边上流连忘返。以后又听说夜里看火车更为壮观，火车头前面的探照灯比妖精的眼睛还要亮，于是在一天晚上，我又跑到了铁道边，当好奇心得到了满足，美美地饱了眼福之后想起要回家了，心里才觉得一阵阵发毛，身上的每一个汗毛孔都炸开来，身后似有魔鬼在追赶，且又不敢回头瞧一瞧。

道路两旁的庄稼地里发出"沙沙"的响声，更不知是鬼是仙。当我走到村西那一大片松树林子跟前，更觉毛骨悚然。村上种种关于神狐鬼怪的传说，都是在这片松树林子里发生的，树林中间有一片可怕的、大小不等的坟地。我的头皮发炸，天灵盖似乎都要被掀开了。我低下头，抱住脑袋，一路跌跌撞撞地冲出松树林，回到家里浑身都湿透了。待恢复了胆气之后，又觉得惊险而新奇。为了赢得一只虎皮鸟，第二天还和小伙伴打赌，半夜我把他们家的一根筷子插到松树林中最大的一个坟头上。

长到十来岁，我又迷上了戏——大戏（京剧）和家乡戏（河北梆子）。每到过年和三月庙会，我就跟在剧团后边转，很多戏词都能背下来。就连《三气周瑜》里周瑜吐血时，学员把早就含在嘴里的红纸团这天吐了五尺远、第二天吐了一丈远，我都能看得出来。演员的一招一式也都记得烂熟，百看不厌。

也许，这就是我从小受到的文学熏陶。

上到小学四年级，我居然顶替讲故事的人，成了"念故事的人"。每到晚上，二婶家三间大北房里，炕上炕下全挤满了热心的听众，一盏油灯放在窗台上，我不习惯坐着，就趴在炕上大声念起来。因为我能"识文断字"，是主角儿，姿势不管多么不雅，乡亲们也都可以原谅。《三国演义》《水浒传》《七侠五义》《三侠剑》《大八义》《济公传》等，无论谁找到一本什么书，都贡献到这个书场上来。有时读完了《三侠剑》第十七，找不到十八，却找来了二十三，那就读二十三，从十八到二十二就跳过去了。读着读着出现了不认识的生字，我刚一打怔神儿，听众们就着急了："意思懂了，隔过去，快往下念。"直到我的眼皮实在睁不开了，舌头打不过弯来了，二婶赏给的那一碗红枣茶也喝光了，才能散场。

由于我这种特殊的身份，各家的闲书都往我手里送，我也可以先睹为快。书，的确看了不少，而且看书成瘾。放羊，让羊吃了庄稼，下洼割草，一直挨到快吃饭的时候，才不得已胡乱地割上几把，蓬蓬松松地支在筐底回家交差。

这算不算接触了文学呢？那些闲书中的故事和人物的确使我入迷，但是对我学习语文似乎并无帮助，我更喜欢做"鸡兔同笼"的算术题，考算术想拿一百分很容易，而语文，尤其是作文的成绩总是平平。

上中学的时候我来到了天津市，这是一个陌生的、并不为我所喜欢的世界，尽管我的学习成绩在班里绝不会低于前两名，而且考第一的时候多，还当上了班主席，却仍然被天津市的一些学生瞧不起。他们嘲笑我的衣服，嘲笑我说话时的土腔土调，好像由我当班主席是他们的耻辱。我在前面喊口令，他们在下面起哄。我受过各样的侮辱，后来实在忍无可忍，拼死命打过架，胸中的恶气总算吐出来了。我似乎朦朦胧胧认识到人生的复杂，要想站得直，喘气顺畅，就得争，就得斗，除暴才能安良。

1957年年底，班干部要列席右派的批判会。有一天我带着班里的四个干部参加教导处孟主任的批判会，孟主任一直是给我们讲大课的，诸如《红楼梦》《聊斋志异》等，前天还在讲课，今天就成了右派。散会后，我对班里的学习委员低语："孟主任够倒霉的。"结果，我被当作小右派揪了出来，断断续续地被批了几个月。全校就只揪出我这么一个小右派，我一下子臭名昭著，连别的中学也知道了我的名字。

幸好中央有规定，中学生不打右派，他们将我的错误归纳为"受名利思想影响很深，想当作家"。根据"想当作家"这一条，再加以演绎，在批判会上就出现了这样的批判词："……也不拿镜子照照自己，还想当作家！我们班四十个同学如果将来都成为作家，他当然也就是作家了；如果只能出三十九个作家，也不会有他的份！"

最后，学校撤掉了我的班主席职务，并给了我一个严重警告的处分。

处分和批判可以忍受，侮辱和嘲笑我受不了。我真实的志愿是想报考拖拉机制造学校，十四门功课我有十三门是五分，唯有写作是四分。我仍然没有改掉老毛病：喜欢看小说。他们把"想当作家"这顶不属于我的帽子扣到我头上，然后对我加以讽刺和挖苦。一口恶气出不来，我开始吐血，没有任何症候地吐血，大口吐过之后，就改为经常的痰里带血。害怕影响毕业分配，我不敢去医院检查，不敢告诉家里，更不敢让同学们知道后弹冠相庆。我一个人躲到铁道外边的林场深处，偷偷地写稿子，一天一篇，两天一篇，不断地投给报社和杂志社，希望能登出一篇，为自己争口气，也好气一气他们：你们不是说我想当作家吗？我就是要当出个样子来叫你们看！但是所有的投稿都失败了。事实证明自己的确不是当作家的材料，而且还深深地悟出了一个"道理"：不管什么书都不要轻易批判，你说他写得不好，你恐怕连比他更差的书也写不出来。

对文学的第一次冲击惨败之后，加上背着处分，出身又不好，我没有继续升学，而是考进了铸锻中心技术学校，后来被分配进了天津重型机器厂，它是国家的重点企业。厂长冯文斌是大名鼎鼎的人物，在《新名人词典》中有他的照片和一整页的说明。工厂的规模宏伟巨大，条件是现代化的，比我参观过的拖拉机制造学校强一百倍。真是歪打正着，我如鱼得水，一头扎进了技术里。想不到我这个从农村出来的孩子对机器设备和操作技术有着特殊的兴趣和敏感，两年以后就当上了生产组组长。

师傅断言我手巧心灵，将来一定能成为一个大工匠（就是八级工），但是必须克服爱看闲书、爱看戏的毛病。一个学徒工竟花两元钱买票去看梅兰芳,太不应该。我热爱自己的专业,并很高兴为它干一辈子,从不再想写作的事,心里的伤口也在渐渐愈合,吐血的现象早就止住了,到工厂医院拍片子,只得了四个字的结论:左肺钙化。爱看小说的毛病也留下了:生活中不能没有小说,每天回到宿舍不管多晚多累,也要看上一会儿书。

正当我意气风发、在工厂干得十分带劲的时候,海军来天津招兵,凡适龄者必须报名并参加文化考试。我出身不好,还受过处分,左肺有钙点,肯定是陪着走过场,考试的时候也很轻松。不想我竟考了个全市第一,招兵的海军上校季参谋对工厂武装部部长说:"这个蒋子龙无论什么出身,富农也好,地主也好,反动资本家也好,我都要定了。"以后很长时间我才想明白,要说我在全校考第一不算新鲜,在全市考第一连我自己都觉得有点奇怪,我并没有想考多好,很大的可能是有些城市孩子不想当兵,故意考坏。我已经拿工资了,对家境十分困难的我来说这四十来元钱非常重要,可以养活三四口人,而当兵后只有六块钱津贴,还要丢掉自己喜欢的刚学成的专业,真是太可惜了。

没想到进了部队又继续上学,是海军制图学校。这时候我才知道,1958年炮轰金门,世界震惊,我们宣称其他国家不得干涉我国的内政,可我们的12海里领海在哪儿?因此,海军从京津沪招一批中学生或中专毕业生学习测绘,毕业后绘制领海图。在这之前我确实不想当兵,可阴差阳错已经穿上了军装,想不干也不行了,就不如塌下心来好好干。渐渐地,我的眼界大开,一下子看到了整个世界。世界的地理概况是什么样子、各个国家主要港口的情况我都了解,我甚至亲手描绘过这些港口。

我从农村到城市,由城市进工厂,从工厂到部队,经过三级跳把工农兵全干过来了。

当时部队上正时兴成立文艺宣传队,搞月月有晚会。我是班长,不错，我又当了班长，同样也是因为学习成绩好。为了自己班的荣誉，每到月底不得不编几个小节目以应付晚会。演过两回，领导可能是从"矬子里拔将军"，居然认为我还能"写两下子"，叫我为大队的宣传队编节目。小话剧、相声、快板、歌词等，无所不写。有时打下了敌人的U-2高空侦察机，为了给部队庆贺，在一两天的时间里就得要凑出一台节目。以后想起来，给宣传队写节目，对我来说等于是文学练兵。写节目必须要了解观众的情绪，节目要通俗易懂、明快上口，还要能感染人，而且十八般兵器哪一样都得会一点儿。这锻炼了我的语言表达能力，逼得我必须去寻求新的打动人心的艺术效果，节目才能成功。

文艺宣传队的成功给了我巨大的启示。元帅、将军们的接见，部队领导的表扬，观众热烈的掌声，演员一次次返场、一次次谢幕，这一切都使我得意，使我陶醉，但并未使我震动，也并未改变我对文艺的根本看法。我把编排文艺节目当成临时差事，本行还是学制图。就像进工厂以后爱上了机器行业就再也不想当作家一样，我把制图当成了自己的根本大业，搞宣传队不过是玩玩闹闹。而且调我去搞宣传队，部队领导的意见就不一致，负责政工的政委点名要调，负责业务的大队长则反对，因为我还负责一个组（班）的制图。我所在的部队是个业务单位，当时正值全军大练兵、大比武，技术好是相当吃香的。我在业务上当然是顶得起来的，而且已升任代组长（组相当于步兵的排一级单位），负责全组的业务工作。如果长期不务正业，得罪了握有实权的业务领导，就会影响自己的提升。

业务单位的宣传队是一个毁人的单位，获虚名而得实祸，管你的不爱你，爱你的管不着你，入党提干全没有份。但是，有一次给农村演出，当进行到诗表演的时候，有的社员忽然哭了出来，紧跟着台上台下一片唏嘘。这个贫穷落后的小村子，几经苦难，每个人有不同的遭遇、不同的感受，诗中人物的命运勾起他们的辛酸，借着演员的诗情把自己的委屈哭出来了。

　　社员的哭声使我心里发生了一阵阵战栗，使我想起了十多年前我趴在小油灯底下磕磕巴巴地读那些闲书，而乡亲们听得还是那样有滋有味的往事。我对文学的看法突然间改变了。文学本是人民创造的，他们要怒、要笑、要唱、要记载，于是产生了诗、歌和文学，现在高度发展的文学不应该忽略了人民，而应该把文学再还给人民。文学是人民的心声，人民是文学的灵魂。作家胸中郁积的愤懑，一旦和人民的悲苦搅在一起，便会产生震撼人心的力量。人民的悲欢滋补了文学的血肉，人民的鲜血强壮了文学的筋骨。

　　文艺不是玩玩闹闹，文学也绝不是名利思想的产物。把写作当成追名逐利，以为只有想当作家才去写作，都是可怕的无知和偏见。所以，过去我为了给自己争口气而投稿，以至于失败，也是理所当然的。因为我肩上没有责任，对人民没有责任，对文学也不负有责任，抱着试一试的态度，一试不行就拉倒。文学不喜欢浅尝辄止，不喜欢轻浮油滑，不喜欢哗众取宠。写作是和人的灵魂打交道，是件异常严肃而又负有特殊责任的工作。人的灵魂是不能被憋死的，同样需要呼吸，文学就是灵魂的气管。

　　我心里涌出一种圣洁般的感情，当夜无法入睡，写了一篇散文。第二天我将它寄给《光明日报》，很快就被发表了。然后就写起来了，小说、散文、故事、通讯什么都写，这些东西陆陆续续在部队报纸和地方报纸上发表了。

　　我为此付出了代价，放弃了绘图的专长，断送了自己的前程，但我并不后悔，我认识了文学，文学似乎也认识了我。带着一百九十元的复员费，利用回厂报到前的休息时间，我只身跑到新疆、青海、甘肃游历了一番。我渴望亲眼看看祖国的河山，看看各种面目的同胞。直到在西宁车站把钱粮丢了个精光，才心满意足地狼狈而归，回到原来的工厂重操旧业。

　　1966年，各文学期刊的编辑部纷纷关门，我有五篇打出清样的小说和文章被退回来了。由于我对文艺宣传队怀有特殊的感情，便又去领导工厂的文艺宣传队，以寄托我对文学的怀念，过一过写作的瘾。1973年，《天津文艺》创刊，我"东山再起"，发表了小说《三个起重工》。

　　我相信文学的路有一千条，一人走一个样儿。我舍不得丢掉文学，也舍不得丢掉自己的专业，每经过一次磨难就把我逼得更靠近文学。文学对人的魅力，并不是作家的头衔，而是创造的本身，是执着的求索，是痛苦的研磨。踩着别人的脚印走不出自己的文学创作的路，自己的路要自己去闯、去踩。

　　此生让我付出心血和精力最多的，就是建构了属于自己的"文学家族"，里面有各色人物，林林总总。他们的风貌、灵魂、故事……一齐涌到我眼前，勾起许多回忆。有的令我欣慰，有的曾给我惹过大麻烦。如今回望，竟都让我感到了一种"亲情"，我不仅不后悔，甚至庆幸当初创造了"他们"。

昙花的绽放

愁容惨淡的月亮嵌入乌云，令人戚然。

我疲惫不堪，肝火郁结，心冷似月。由于心绪恶劣，看什么都觉得不顺气。这也要归罪于本是明月夜的漆黑，是它影响了我，是它那死亡的气息侵扰了我，我还能像吉星高照似的快乐吗？

心不在焉地摸出钥匙打开房门。我在门边稍微停顿一会儿，让自己的眼睛适应室内的黑暗，然后才进屋。一抬头，赫然吓了一跳，借着窗外的微光，我看见屋子中央站着一个人，轮廓一团乌黑。

"谁？"我高声问道，却没有得到回答。

打开屋顶的大灯，哈，原来是我那盆昙花。

知道它今天夜里要开花，早晨，给它喷了水，洗净叶片上的尘土，就如同给即将出嫁的姑娘梳洗打扮一样。因它太高大了，最高的几片叶子，高过了我的头顶一截，其枝叶繁茂，头重腰细，像舞台上打扮好了的美女。一靠近它，它就款摆腰肢，姿态迷人。

早晨，我从阳台上往屋里搬的时候，抱不动整只花盆，被迫半抱半拉、小心翼翼、一点一点地将它挪进书房的中央，像侍候一顶端坐着新娘的大花轿。

昙花绽放，是它自己的大事，也是我生活中的妙事。每到这一夜，我都像守岁一样凝望着昙花从开到落的全过程。刚才，我竟把这样一个重要的节日，忘到九霄云外去了。

从早晨离家，到晚上回来，十几个小时在外面奔波，却冷落了极为敏感的昙花，罪过，罪过！

花为人开，花蕾吸收了人的精气才开得水灵。人宠花，花宠人。每年此时，花蕾的笑口已经大开，临近子夜，火爆爆地怒放，昙花的生命达到巅峰状态。

今晚，由于我的粗心，它可能以为自己被遗弃了，十三根半尺多长的花茎顶着的十三个花蕾，如同十三只白天鹅，怒冲冲地弯着脖子拧着头，尖嘴紧闭。

忙打开写字台上的灯和书柜前贼亮的聚光灯，把灯口都转向昙花，让屋内一片通明，准备迎接昙花辉煌的"一现"。随后，我搬着凳子坐到它跟前，眼对眼，嘴对嘴，真诚地表达自己的歉意。从现在起，我要寸步不离地守护它、赞美它。

昙花也激动起来，花蕾微微颤动，如天鹅抖动颈上的羽毛。包在外面的根根红针，像伞骨一样挺直、撑开……好大的排场，若红日未出，先见光芒。

光芒既现，轰轰烈烈的日出就呈现在眼前。绿的，像窗外的夜色，厚重、坚实；白的，尖锐、轻巧，一心要突破绿的笼罩。弯弯噘起的尖嘴儿，眼瞅着就咧开了，一股宜人的香气立刻喷射出来。

我把脸贴上去，猛吸几口。一团浓香，一股清凉，从喉头直坠肺腑。立刻觉得，五脏六腑，清洁透亮，如痴如醉。刹那间，忘记了尘世间的一切荣辱喜忧，身内身外一片圣洁宁馨。

花瓣颤动，千娇百媚，愈张愈大，愈大愈白，奇迹般有节律地伸展开来。昙花简直是在讨好我，绽放出自己活泼泼的生命，眼对眼地让人目不暇接地开放了。花朵中间露出一个锥形的深洞，洁白娇嫩的花蕊颤颤地挺了出来。花蕊的根部是一团绒毛般的白线，簇拥着它，使它的白更加突出，白得高贵、白得纯净。

如刀如剑的绿叶上竖起十三朵巨大的白花，它们是按照一个口令，踏着同一个节拍绽放的。满屋弥漫着醉人的香气，我的胃里发出一阵贪婪的鸣叫，真恨不得立刻就把所有花蕊及蕊上的花粉吃掉。

昙花那楚楚动人的神态，又让人下不去嘴。它是专为我开的，躲开所有的人，躲开君临万物的太阳，不凑热闹，不争喝彩，藏进黑夜，躲在刀丛剑树的叶片之下，自甘寂寞，只为悦己者"容"。

它是多么傲慢，又是多么自得。

这是好兆头，今年昙花开得最多，也开得最为壮观，今年的运气或许不错。

"昙花一现"大多时候是贬义。这是文人们编排出来的。一般人喜欢好吃多给，喜欢坚固耐用，喜欢"死不了"或不死不活，甚至是"好死不如赖活着"……他们轻易看不到昙花开放，便嘲笑它的"一现"。

正因为它"一现"即逝，才更说明它清逸、珍贵、不同凡响。人活一世，能像昙花这样轰轰烈烈地"一现"，足矣！

天下英雄多是"一现"，瞬间永恒。世上还有多少终身未能开花的人生，谈何"一现"？

昙花的香气刺激了我的感觉，我的心里涌动起一种奇妙的兴奋和欲望，世界上的各色人等，该如何让自己的生命开花呢？

世间万事万物都有自己的规律，心念的律动合乎外部客观规律，生命不愁不开花。譬如，昙花子夜盛开，夜来香傍晚吐蕊飘香，蛇麻花在寅时才露笑脸，牵牛花在清晨打开喇叭，冬梅、秋菊、夏荷、春牡丹……动物也一样，蝙蝠只在天黑时才飞出来捉虫，公鸡叫三遍后天就放亮，鸭子繁殖有周期，鹿角的生长和脱换同样有规律……

至于人，体内更存在着有规则的生理节奏：体温、血糖含量、基础代谢率、激素的分泌等都随着昼夜的交替而变化。凡是生命就具备进化的适应性，自有其特定的活动变化规律。

如此看来，人又何尝不像昙花呢？

与天地相参，与日月相应。由于地球自转，太阳光对地球的照射强度，在一昼夜内呈周期性变化，人体内气血的运行也随之改变，以相适应。

昙花摇曳，花影婆娑，花蕊弹拨出一种乐声，意境悠远。我被震撼了，生出一种莫名的、虚幻的激动，和着昙花生命的韵律，仿佛能进入一片祥和的精神高地。

诗词桐庐

桐庐，桐下结庐。单是这名字就充满诗意。

陆春祥的《水边的修辞》载，遍尝百草的神农，派遣尽得自己医术妙谛的弟子迷縠，一路向南，到毒虫成群、百姓缺医少药的蛮荒之地独立闯荡，治病救人。

他行行复行行，一路行，一路医，当他觉得该找个地方停下来的时候，发现了今天被称为"桐庐"的地方：

一条清澈的大江，绿波缓缓流动，另一条从斜刺里"杀"出的支流，将一座山紧紧围绕。山不高，却葱郁，东边山坳中有一大片平地，桐树茂盛，此山与一望无际的群山逶迤相连。

于是，迷縠在大江边的桐树下结了一座茅庐，开始采药、救人、收徒、写作。

人们将他称为"桐君"。

继《黄帝内经》《神农本草经》之后，他又留下了一部中国古代医药学经典——《桐君采药录》。人们感念他，遂称此地为"桐庐郡"。

桐庐便渐渐地无处不"桐君"，山成为"桐君山"，塔成为"桐君塔"，还有桐江、桐洲、桐君堂……

被桐君相中的地方，自然是人间胜境。此后，这里吸引来一位高人，这位高人又吸引来无数文人雅士，其中不乏文化巨匠。于是千百年来，这些诗词圣手轮番对桐庐展开诗词"轰炸"。如今，中国的县级行政区有2800多个，哪一个区县被历代文人用诗词歌颂得最多？

——桐庐。

据煌煌三卷本的《桐庐古诗词大集》载，自南北朝至明清，有1900余位诗（词）人，为桐庐写下了7400余首诗词。如李白、孟浩然、王维、孟郊、白居易、罗隐、贯休、范仲淹、苏轼、陆游、朱熹、杨万里，等等。

仅唐宋就有520多位著名诗人，留下了1400多首诗词，"几乎涵盖了那个时期所有重要诗人"。

至于这些诗人都写了一些怎样的诗，随后再说。先讲他们为什么会络绎不绝地来到桐庐一展才情，或可称为吐露心声。

皆因在桐庐独绝天下的奇山异水中，有一面硕大无比的"镜子"。此"镜"历千百年的狂风暴雨、雾瘴弥漫而一尘不染，依然光华璀璨，能照出人的灵魂。

于是，古往今来的人们都一窝蜂地来桐庐"照镜子"，特别是官场中人。而古代文学大家，又多身在官场，尤其是那些在官场失意甚或被贬谪的大才，他们站到桐庐的"大镜"前，面对自己的灵魂，或警醒，或懊恼，或惶愧，或愤恨……

这面神奇灵幻的"大镜"，就是严光——严子陵。

他满腹经天纬地之才，王莽篡位前和当了皇帝后，曾两次请他出任朝廷高官，均被他拒绝。后来他却以亦师亦友的身份，为还是一介空有皇族血统的刘秀答疑解惑，开导他起兵除逆，夺回汉室天下。

刘秀成为汉光武皇帝后，想请严光回朝为官，辅佐自己。两人同榻而眠，严光将一双赤脚放到刘秀的肚子上，"客星犯帝座"，光武帝却丝毫不怪罪他，此事被传为佳话。然而严光还是敬谢不敏，刘秀竟也不敢强留。

严光回到桐庐，在富春江边一风景绝佳的高台上垂钓。他这一伸竿，就让所有文人学士都无比崇拜："惟将道业为芳饵，钓得高名直到今。"

他钓鱼，竟然成"道"。直如姜太公，用直钩为周朝钓了 800 多年的天下。

说来也怪，或者说是中国古代官场文化的一大特点，凡入官场者都渴望能一路高官厚禄，可是无论混得得意与否，又从心里崇敬有条件做高官得厚禄却自动放弃、归隐山林的人。于是，严光成为历代文化精英的精神偶像。

李白是何等狂放，从来不认为自己是"蓬蒿人"，甚至自比大鹏，可"扶摇直上九万里""欲上青天揽明月"。他雄心勃勃地到长安，一心要施展抱负，成就大业，却因一些原因，被皇帝用些散碎银两打发回到乡间。他来桐庐见到严子陵钓台，无法不惭愧：

> 松柏本孤直，难为桃李颜。
> 昭昭严子陵，垂钓沧波间。
> 身将客星隐，心与浮云闲。
> 长揖万乘君，还归富春山。
> 清风洒六合，邈然不可攀。
> 使我长叹息，冥栖岩石间。

李太白终究是诚直有慨的大家。

唐武宗会昌六年（846 年），池州刺史杜牧调任睦州刺史，不算被贬。上任后，他发现桐庐大好，拜谒了严子陵祠，写下著名的《睦州四韵》：

　　　　州在钓台边，溪山实可怜。
　　　　有家皆掩映，无处不潺湲。
　　　　好树鸣幽鸟，晴楼入野烟。
　　　　残春杜陵客，中酒落花前。

　　诗中的"潺湲"两个字，最早是谢灵运用来形容富春江边严子陵钓台的，"石浅水潺湲，日落山照曜"。以后便有多人援用这两字，包括如杜牧这样的大家。

　　范仲淹被宋仁宗贬为睦州知州时，大修严子陵祠，亲笔写下流传后世的《严先生祠堂记》。其中有歌曰，"云山苍苍，江水泱泱，先生之风，山高水长"，成为千古传诵的绝唱。

　　他还一并写了10首歌颂桐庐的诗："萧洒桐庐郡，春山半是茶。新雷还好事，惊起雨前芽。"……

　　历经宦海沉浮的司马光，在《子陵钓台》中说得更直接：

　　　　吾爱严子陵，结庐隐孤亭。
　　　　滩头钓明月，光武勃龙兴。
　　　　三诏竟不至，万乘枉驾迎。
　　　　吁嗟今世人，趋走公卿庭。
　　　　缔交亦欢悦，意气颇骄矜。
　　　　其如古贤操，松筠耐雪冰。

　　照此援引下去，还有孟浩然、白居易、苏东坡、王安石等众多古代诗人描绘桐庐的名篇佳作，那将是一部极其厚重的诗集。其中只有李清照显得十分特别，她想到古往今来拜谒严子陵的人络绎不绝，无论是乘大船小船，无论是官员商贾，多是为沽名钓誉而来，实是有愧于先生之德。她偏要在夜幕中悄悄过钓台，不惊扰严先生，于是写下《夜发严滩》：

> 巨舰只缘因利往，
> 扁舟亦是为名来。
> 往来有愧先生德，
> 特地通宵过钓台。

愈是晒古人的文字，愈觉富春江边、富春山下的桐庐是诗词桐庐、文化桐庐。难怪中国散文学会在癸卯年新夏，授予桐庐"散文之乡"的称号。

其实，称桐庐为"诗词之乡"更为贴切。可眼下有谁或哪一个机构，有这样的资格为桐庐命名呢？

石头如何开花

如果我说有个地方没有小偷,许多年来从未发生过一起治安事件……在这个家家户户都装着防盗门的社会,听起来是不是有点像天方夜谭?

然而千真万确有这么个地方,其名为"冷洞村"。千万不要把它与童话中的世界挂钩,离它不远的顶坛村,经联合国教科文组织专家勘察考核后,被评定为"不具备人类生存条件。"

在黔西南的喀斯特峰林地貌中,星罗棋布地分布着各式各样的像冷洞、顶坛这样的自然村落,其自然环境大同小异,"前面是大山,后面是大山,左面是大山,右面依旧是大山,除了山还是山"。天无绝人之路,幸好山与山之间还有个垭口,成了进出村子的咽喉要道。

就是在这样的大背景下,我结识了戴时昌先生,并由衷地对他起了敬意。他在这大山里教过书,当过村主任、乡长、乡党委书记,有感于"一段时间以来,无论打开电视或翻开图书,只要出现乡村干部,十有八九是恶棍,或鱼肉百姓、欺男霸女,或是酒囊饭袋……"于是他自己动笔将故事还原,写了一部长篇报告文学《让石头开花的人》。

这本书我打开后就没有放下,直至读完。从中获得了不少知识,第一次生动地理解了"石漠化"这个地理名词。光秃秃的石头无边无际地覆盖了漫山遍野,看上去要比沙漠化更恐怖和更难以治理。在石漠化的大山里种庄稼,从来是论株不论亩,一个石窝窝里大概也就有一碗泥土，只可种一株苞谷。满山的乱石中能种庄稼的也不过就那么几碗土，春天的时候似乎种了一大片山坡，闹好了到秋天也就收获一背篓粮食。

但当地人就这么凑合着不知过了多少辈子，哪一代实在凑合不下去了，就迁出去找个能继续凑合的地方落脚，1974年，仅一个则戎就迁走了100多户。至前几年，"在中国南方8个省中，石漠化地区有451个县（市），2.2亿人口生活在贫困线以下"。

自20世纪的90年代起，冷洞、顶坛及周围乡村的干部，带领村民在这片"不具备人类生存条件"的大山里，不仅生存了下来，而且生存得越来越好，其中最主要的手段就是"让石头开花"。现代信息社会使农民的视野打开了，知识面增大了，脑子活泛了。同样还是那些大山，还是那些石窝窝，乃至还有那些不能种庄稼的石头缝、石旮旯，冷洞村经过反复的求教和实践，渐渐选中了金银花，如今已经种植了14万株。这是一种多年生藤本植物，抗旱性强，种植三年后成株，每株寿命30年以上，一株能蔓延20平方米左右，14万株差不多就让冷洞村的大部分山坡都绿了，"绿得让山养眼，让水兴奋，让人精神"。

最重要的是水土不再流失，山上的土也似乎越来越多。到春天，山野一片花海，可不真是"石头开花"了！金银花花蕾可制茶，干花及茎与叶可入药，通身是宝，全村年产120多万斤，有些种植大户年收入可达6万多元，这可是冷洞人几辈子没有见过的大钱。那些前些年迁走的人家，又陆陆续续地回来了。

有了榜样，思路一打开，整个黔西南山区都开始变，各村镇根据自己的自然条件，什么适合就种什么，总之是要"让石头开花"，重建生态环境，又不改变原有的地形地貌。

高海拔的岩溶山区，种草养畜；低海拔的顶坛村，种植花椒，岩石白天吸收大量热量，晚上散发出来，花椒长得奇好。这个"不具备人类生存条件"的地方，人均收入竟破天荒地达到4000元，以生物手段治理石漠化达 92%。几年后，顶坛村被中国经济协会评为"中国花椒之乡"。

还有些村种的是石斛、黄心射干、猫豆、去籽刺梨、苦丁茶……这才是"穷也石旮旯，富也石旮旯；在这石旮旯，还会开什么花"。

千年银杏谷

"人能百岁自古稀,松得千年未为老。"有一种奇木,生长于恐龙时期,是第四冰川运动后的孑遗植物,其名"银杏"。而湖北随州,竟有一条千年银杏谷,据称是现今世界上仅存的四个古银杏群落之一。

在一条狭长的山谷内,有野生银杏树 500 多万株,其中百年以上的 17000 余株,千年以上的 308 株。它能经历冰川运动而不绝,还只是"银杏传奇"中的开篇。

1945 年,日本广岛遭到原子弹轰炸,四野一片焦土和瓦砾,寸草皆无。第二年春天,从寂静的焦土中竟然钻出了一片绿叶,它就是银杏,它从没有被炸烂的老根上又开始钻新芽、抽新枝、长新叶,无惧可怕的核辐射。这不单是神奇,还体现出一种"神气"!不是一句"生命力顽强"就能解释的。

在中国民间,历来有拜老树为神的习俗。宋代神宗继位后,天灾频频,王安石推行青苗法,湖北的百姓为祈求天降甘露、良田保收,请一位得道的高士在最枯瘠的山岗上种了一株银杏树,他们笃信此树能挡风雷,可保一方安宁。以后许多年,不管旱涝,那个地方都能保住收成,当地百姓便视其为神树。其实是那位高士有地理和生物知识,他选中的地方,银杏树能够生长得好,也必定适合庄稼生长。2008 年,在中国南方闹雪灾的那年春节,在极端寒冷中骤然蹿起一股热浪,那棵大树起火，烧了整整一天一夜，古银杏完全被烧焦。然而，不经磨难如何为神？第二年，古树又奇迹般地复活，从烧焦的躯干上重新长出枝叶。

如此说来，随州的千年银杏谷简直就是"树神大庙"，或称"银杏禅院"。其中心位置犹如一座大殿，并排矗立着5棵近3000年的巨大银杏树。天钟灵秀，啸雨吟风，翠云交干，青青不朽，树身坚实如铁，需数人连手方可合围。在"大殿"的一侧，有一棵2500余年的银杏，如护法天王一般落落出群。据传为春秋初期的随国大夫季梁所栽，他被李白尊为"神农之后，随之大贤"，开儒家学说的先河，是名副其实的"中国南方第一文化名人"。因此，在银杏谷的芳香中，还有一种浓郁的历史文化气息。

"大殿"的另一侧，绵延数里如三百罗汉般排列着高低不等的银杏树，树龄有上千年的，有数百年的，高大挺拔，冠盖如云，一株株树形优美，乔干通直，扇形的叶片炯炯发光。最可喜的是还有几十年乃至十几年的野生小树，让古老的银杏谷充盈着一种勃勃生机。进入这样的银杏林中，让人无法不流连忘返，禁不住一次次地深呼吸，有阵阵清香沁人心脾，自觉通体澄澈。

还有一些千年以上的"夫妻银杏"，一雌一雄，相依相扶，下面盘根错节，如龙蛇绞缠，上面枝干相交，连成一片，难分彼此。令人惊异，见之无不感叹大自然的奇妙。

来到银杏谷的人，会提出一个相同的问题：这么多千年古树，是如何躲过"大炼钢铁"时的砍树运动的？当地人的回答也大致相同：千年银杏质地坚硬，其本身就是植物钢铁，要砍伐它绝非易事，有好事者树没砍倒反砍伤了自己的大腿、砍掉了手指……如此一传十、十传百，被反复渲染，银杏谷便成了砍树分子的禁地。

但最主要的，还是古银杏历经千年风雨轮回，其资格超过现在的任何人，"材大贤于人有用，节高仙与世无情"。当地百姓都敬其为神，千方百计加以保护，使满谷的银杏躲过了一劫又一劫。到度荒时，银杏树就加倍回报百姓。它通身是宝，被列为"珍稀名贵经济树种"，其果实更是可自食、可入药的珍品。一棵百年以上的大树每年可结白果数百公斤，改革开放之初，一棵大银杏树，一年就能造就一个"万元户"。

俗谚说："桃三杏四梨五年，枣树当年就赚钱。"银杏却要 20 年才开始结果，40 年后才能大量结果，所以它又被称为"公孙树"——公公栽树，孙子才能纳凉吃果。唯其生长缓慢，才成为树中的寿星，且绝少有病虫害。

千年银杏谷，也是人类的长寿谷。众多的古银杏，是千年时空交融的杰作，走进银杏谷，会不由自主地心结千古，从心底升起一股敬意，思索千年银杏的生命传奇，接受它的教诲和启示……

锄 经 园

江南园林大抵都有个不俗的名字。如以竹为魂的扬州个园，得自竹叶投影于地，成一"个"字。苏州拙政园，典出西晋潘岳的《闲居赋》："灌园鬻蔬，供朝夕之膳……此亦拙者之为政也。"隐喻园子建造者官场失意后，把浇园子种菜、自己养活自己当作"政"事。古时"政"亦通"正"。

震泽师俭堂的锄经园，则取意于《汉书》中的"带经而锄"。曾与司马迁等制定《太初历》的倪宽，常把经籍挂在锄钩上，有空即读，锄禾兼锄经。

——正是这个以"锄经"命名的园子，被誉为"江南园林中最精巧的一个""钻石级的园林"，因它只占地420余平方米，不过半亩上下。然而，当你转过花砖门墙，穿过白石门坊，进入古色古韵的锄经园内，竟心神一畅，不觉其小，反觉其奇。

园中文石铺地，曲径通幽，一眼望去，回廊、楼台、假山、藜光阁、四面厅、五角亭……建筑群落高低起伏，错落有致。围墙上空花漏窗，疏远阔朗，木香花随处攀缘，清香幽远。墙角的百年老桂，枝繁叶茂，浓荫匝地。

假山上花树杂陈，满眼缤纷，一条清澈的溪泉，伴山而行，波光粼粼，汩汩有声。所有江南园林中的重要元素，这里一样都不少，只是设计得更精妙，以小见大，以巧取胜，讲究的就是这般在"螺蛳壳里做道场"的精细功夫。

此园建于1864年，历经沧桑，坚固依旧，所蕴含的文化内质也照样光芒闪烁。从园中制高点藜光阁所表达的寓意来看，应是师俭堂的主人建此园送给母亲，让老人能居高临下、四面赏景。而师俭堂则面阔五间，六进高墙深宅，集河埠、行栈、商铺、街道、厅堂、内宅、下房于一体，兼具官、儒、商三重使用功能，其所属的锄经园，一落成便成为江南水乡的重要文化符号，时间越久，其文化价值越高。

凡走进锄经园的人，无不为之称奇，不过是送给老娘的礼物，竟也建成"万年牢"，成为经久不衰的文化瑰宝？过去的人不愧是从小被文化喂大的，无论经商或做官，都需先过文化这道关，不然怎会有这般品位？无论得意、失意、亲情、友情，皆可成就一种文化。

扬州园林均为商人在得意的时候建造，请来全国最好的工匠，敢于吸纳各处最好的工艺和材料，因此个性张扬，成为江南园林的重要代表，留下绝世经典。而现代人却觉得商品时代正在毁坏文化，到处都可以看到暴富后的商人的恶俗和浅陋，即便是给建筑物命名这种最能代表建造者品位的事情，也常常离不开"帝王""皇家""富豪""亿万"等字眼。

再比如苏州园林，多为官员所造，且是失意后修建的，用的也都是本地工匠，在风格上内敛而实用。尽管如此，自称"拙者"的王献臣，从朝廷御史被贬回乡后建造的拙政园，却成为中国"四大名园"之一。

然而，人们依旧在过度开发和利用社会进步、科技发达、知识爆炸的成果。人聪明得都成精了，并沉迷其中，自得其乐。莫非真的如他人所言："社会进步了，文化并未进步；人的知识增加了，智慧并未增加？"

封　　开

看到"封开"这两个字,脑子里先想到的会不会是"开封",以为作者把字写颠倒了。其实,从左往右念是"封开",按古例从右往左念就是"开封"。无所谓颠倒与否。倘若口齿不清楚或大舌头,也容易将"封开"读成"分开"。封开地处广东西北,确是由此将"两广"分开,是广东、广西的分界之地。

这就是岭南古郡——封开,而非中原开封。

或许,可以称封开为"岭南第一古郡",这里是岭南人最早的生息地。自汉武帝平定南越国后,封开便成为统辖岭南地区的首府。当然,历史上封开的名称变过多次,郡县本来就置废无常,这与中国的历史和文化相称。

比如,自古留下来带"庆"字的地名有肇庆、德庆。德庆紧临封开,现均属肇庆市管辖。而肇庆古称端州,是中国"四大名砚"之一端砚的产地,也是宋神宗第十一子端王赵佶的封地。因宋哲宗无子,1100年,"诸事皆能,独不能为君"的赵佶,偏偏就鸿运当头,阴差阳错地被立为皇帝,成为宋徽宗。他大喜过望,便将好端端的端州给改了名字,并亲笔用他自创的"瘦金体"题写"肇庆府"——吉庆开始之地。

这自然是后话。整个岭南地区最早的经济文化中心之所以是封开,跟它的地理位置有很大关系。封开是岭南通往中原广大地区的交通枢纽，丝绸之路也在封开进行海陆对接，是中原文化与岭南的交会点。于是，封开便成为"岭南土著文化发祥地和粤语的发源地"。

同时，封开又是珠江三角洲与大西南的交会点，是岭南通向大西南的咽喉之地。封开，不只有"回"字形古城堡，城北还有封门山，峰峦秀蔚，两崖如门。于是，封开被称为"两广"门户，其古称"广信"，也是广东、广西及广州得名的来源。

如此，封开自然成为中原文化向岭南传播的"最早受惠地"，加上自己的地域特点，逐渐成就了深厚的文化积淀，孕育了被尊为"岭南儒宗"的汉代大经学家陈钦、陈元父子，以及东汉佛学家牟子、南汉开国皇帝刘䶮等。科举考试开启后，岭南的第一个状元，就是17岁的封开人——莫宣卿。他带着一方端砚进京，拔得头筹。

形成历史如此悠远而有趣的古郡，除去特定的地理位置，还有它独特的形貌。北回归线穿境而过，冬短夏长，气候温暖，水量丰沛。全国人均占有水资源2000立方米左右，而封开人均水资源竟达5842立方米，境内大小河流129条，碧水浩渺，映天辉日。

1961年4月，封开县由封川、开建两地合并置封开县建制。其得名于两条像模像样的河流：封溪水和开江。但据《方舆纪要》卷101开建县介绍，"开江，'其上源即贺江也'"，就是今天封开县东北的贺江。它入封川县界为封江。说起来，是一条江。而封开境内最大的河流，却是珠江的主干西江，其流经两千余公里，从封开的西南部穿过，然后与东江、北江汇合后成为珠江。贺江古称"封溪水"，为西江的一级支流，是封开境内最长的河流，其斜贯封开中部，然后注入西江。两江之间便形成古老而肥沃的河谷冲积平原。肥沃到什么程度呢？夸张地说，插根稻草就能长出稻谷，插根木棍就能长成小树。肥沃是因为古老，称其为老，是因为这里的土地没有遭受太多现代化学品的污害，雨后田埂上还会有蚯蚓在爬。

写到这里预料会有人撇嘴：田地里有蚯蚓在爬是什么稀罕事？这样说话的一定不是农民。过去，有蚯蚓不稀罕；现在，可是大稀罕。还在种地的人都知道，许多年来大量使用化肥和农药，田地已经板结，不知道有多少年见不到蚯蚓、蝼蛄之类的了。不信，你听听往地上播撒的除草剂的名字："百草枯""见绿杀"……有一次，我想挖蚯蚓做诱饵钓鱼，地头的农民说："人都快被毒死了，哪来的蚯蚓？"

其实，蚯蚓并不能证实土地的古老，土地的好坏也不取决于其是否古老，而是看它的活力，其表象就是松软又肥沃。能形成这样的冲积平原，又是怎样的江河呢？

封开作为连接珠江三角洲和大西南的枢纽，自然交通便利。但进入古郡最美的路有两条，一条是水路，乘船由贺江溯流而上。水波荡荡，云烟轻浮，两岸凝黛拔翠，远望野气迷蒙，流水带着花香，山影压着碧波。封开号称"八山一水一分田"，但大多是丘陵低山，800米以上的青峰都分布在东部边界，乘船是由下往上看，山霭苍苍，江依翠屏，"一峰未了一峰迎"，可尽兴享受野航的妙趣。

一条是山路。驾车由公路进入封开，则是由上往下看。江水悠悠，烟波缥缈，水色映山色，山色染清波。贺江多湾，一湾连一湾，一个半岛牵着一个半岛，一湾一个景致，一个半岛有一个半岛特殊的形状和植被：或云水交相辉映，或千峰倒影重重，或碧水绕芳甸，或江岫连天阔，或山岚袅袅，或水田澄清……贺江的碧道画廊，集山、水、林、田、湖、湾、岛诸多风光于一体，直是凡间仙界，美不胜收。人们到此，眼睛不够用，相机不够用，往往是一湾还没有看够，就被催促着，不得不移步下一湾。

在岭南，一般的青山绿水不足为奇，古郡封开有多个森林公园和湿地公园。其实，大可不必这么细致地划分，封开除去水和庄稼地，其余都是森林，可谓"八林一水一分田"，整个封开就是一座森林公园与湿地公园。

或许，因为它处于"两广"接合部，更幸运的是它多年来远离浮躁，这也不能不归于其历史的厚重。虽然现代商品社会有些人不顾一切地赶新潮、追时尚，但其实，古老的优势会像它的历史一样悠长而浑厚有力。

所以，当人们来到古郡封开，会有一种发现新大陆般的惊喜，纷纷站在古城门上"封开"两个大字下面拍照。没有到过封开的人，看到照片却张口就是："开封啊！"

祖国的投影

国家不是一个空洞的概念,每个人一想起自己的国家,脑子里就自然会出现一个形状——这是地图告诉你的。你将终生熟记这个形状、热爱这个形状、保卫这个形状,因为这个形状就是祖国的投影。

我此生有幸,曾把自己最美好的一段青春岁月贡献出来,绘制祖国的投影。那是1960年,经过一场严格的考试,我舍弃了在工厂很有前途的一份工作,穿上了海军军服。几个月的新兵训练结束以后又经历了一次考试,被送到海军制图学校上学。这时候我才明白,为什么别人当兵一次次地检查身体,我当兵要一次次地文化考试。当时我国刚刚发布了12海里领海的规定,国家急需要一批海军绘图员,把祖国海洋的形状画出来,让中国人、让全世界认识我们国家的投影,并尊重这个投影。

一个人一生总是要做一些事后会后悔和永不会后悔的事情。我当过兵,这是我做过的最不后悔的事情。你想,20岁上下,正是生命的黄金时期,将最美好的青春年华给了部队,完全可以说是对祖国的初恋,能不珍惜、能不怀念吗?只有当过兵的人才相信这样一句话:"一个男人没有当过兵,他的人生就不能算是完满的。"

我从制图学校毕业后成为海军制图员,当时的世界正处于冷战时期,唯我国的沿海边疆"热战"的火星不断,且不断升级,大有一触即发之势。首先是国际上有些国家并不承认我们的12海里领海权,三天两头派军舰侵犯我们的领海,我国政府便一次次地提出严重警告,并出动军舰一次次地把入侵的军舰从我国的领海逼出去。摩擦时有发生,从小规模的海战到空战……

在共和国成立之前,我们没有像样的海图,那时的中国人并不了解自己的海洋,只有一些外国海军丢弃的当初为侵略中国绘制的港口资料,既不精确,又不系统。中国人民海军如果没有自己的海图,在海上就一动也不敢动。我们的任务就是根据自己的测量成果,精确地绘制出完备的各种比例尺的中国海洋图。也许可以说是当时的世界大势激发了我对祖国的热情,强化了我关于祖国的概念。

其实,兵的意识就是国的意识,当兵的不能没有祖国而存在。以前在学校里形成的国家概念空洞而美好,一进部队,国家概念就变得具体、严肃、神圣,与自己息息相关,且责任重大。那时候我们的吃喝拉撒睡、一言一行都和国家的利益连在一起,充分体验到国家的安危就是最高命令,没有国家就没有个人的存在。

爱国是一种高贵的情感,"胸怀祖国"不再是一句口号。至少是祖国的海洋,从南到北,哪儿有港,哪儿有湾,哪儿有岛,哪儿是石,哪儿是泥,都烂熟于胸,分毫不差。那时,不管夜里是否能回宿舍躺一会儿,或趴在图板上打个盹儿,每天早晨都格外警醒,先要知道我国政府有没有向侵犯领海者提出新的警告,在什么海域。

凡20世纪40年代出生的人,都能记得那个年代的氛围。天上、海上、北边、南边,我们受到来自四面八方的逼迫和侵犯,却培养起一种昂扬的情感。爱祖国是人类最高的道德。当时,我把自己生命的热情和理想全都凝注到海图上了,海图上有我,我心里有海,有海才有国家。

有一次,我随测量小组登上虎口礁,"无地不同方觉远,共天无别始知宽",周流乾坤混茫,远眺海天无垠。那是中国黄海最外面的一块陆地，从虎口礁再向外量 12 海里都是中国的领海，站在礁石的高处仿佛能亲眼看到我方军舰与侵犯我国领海的军舰剑拔弩张的对峙局面。领海不仅仅是水，除去国家的尊严还有海洋资源，海权之争是政治之争，更是资源之争。只要拥有了岛屿（包括礁石），就有了海域，有了海域就有了海洋资源。哪个国家拥有范围更大的海洋面积，哪个国家就拥有更多的海洋资源所有权。海洋意识既是生命意识，又是国土意识。因之，争夺海洋成了现代战争的根源和动力之一。一个国家只有海军强大，海权牢固，国家才会兴盛。海军弱，则海权弱，国家衰。

落日惊涛，浮天骇浪。我在远离大陆的孤礁上待了几天，看日月吞吐，受大风围困，越孤单就越想念亲友，越远离大陆心里就越有祖国。连茫茫海面上奔腾的波涛也都是翘首向大陆张望，然后一排接一排锲而不舍地向岸边涌扑，发出一阵阵兴奋的喧哗。那时真希望自己能变成一片海浪，不屈不挠地扑回营房、扑回战友身边，一种对家、对国的向往便立刻像大雾一样在我四周弥漫开来。

大风一停，我被接回大队。后来，我除了要绘制中国海图，还要绘制世界海图，我感到一种自豪、一种信心。你只有有国家，才有世界。一个没有强大国家的人，世界也不属于你。

一直以来，我一想到中国军舰的舰长们使用的海图中有一些是我绘制的，心里还格外滋润和欣慰，这种感觉是出版几本著作甚或受到读者好评都无法替代的。至今，人前人后从心里敢大大方方为之骄傲的，就是曾经当过海军制图员——心里永远印下了祖国的投影。

毛乌素之光

初冬自毛乌素沙漠归来,并无风尘仆仆之感,相反,心里倒多了一份洁净,还有一种感激、感动和崇敬之情。甚至每遇到熟人都想问他一句:"你知道石光银吗?"媒体时代推出了许多各种各样的名人,却也忽略了一些真正可感可佩、让人从心里钦服的人。

比如生活在北方的人,近十几年来有个明显的感觉:天上没有下沙子了,平时衬衣的领子脏得慢了,北京的空气甚至达到了2008年奥运会期间对气候条件的近乎苛刻的要求。这不能说是石光银的功劳,但也绝不能说跟他没有关系。

自打石光银记事起,就跟着父母搬过9次家,有时一年要搬两次。不为别的,就为躲避沙子,不搬不行,搬慢了都要被沙子埋住。那真是沙进人退。他8岁的时候,跟同村一个小伙伴在沙窝里放牛,他们只顾四下寻找那一点点发绿的东西,没提防天空骤然黑了下来。沙漠里大白天发黑是常有的事,遮天蔽日的不是乌云,而是沙暴。绝地朔风,沙翻大漠,顷刻间他就人事不知了……一天后,父亲在几十里以外的内蒙古找到了他,而他的伙伴却再也没有被找到,连同那头被一家人视为命根子的老牛,都永远地被漫漫荒沙吞没了。

这件事在石光银的心里造成了怎样的伤害,他从来没有说过。他长大后话也不多,只是拼命干活,有事没事就爱跟沙子犟劲,20岁就当上了生产大队队长。有些农村的大队长可以当成"土皇上",他却一门心思地摸索着各种治沙的法子。只要听到哪儿有治沙的能人或高招,他一定要去"取经",即便步行一二百里,也全不在意。那时,他肩上还挑着几百口人的饭碗,不敢成天光跟沙子玩镖儿。1984年,国家发布新政策,私人可以承包荒漠。这好像是石光银等待了几辈子的机遇,他立刻辞职,一下子就承包了1.5万亩荒沙。签这么大的合同,兑现不了拿命都抵不了债啊!家人不同意,亲戚朋友吓一跳,外人则开始叫他"石疯子"。这时候他说了一句话:"我这辈子就想实实在在地干一件事,治住沙子,让乡亲们过好日子。"

一个不同凡响的人,在关键时刻总会有惊人之举。石光银这个原本再普通不过的农民,因时势的变化,便逐渐显露出那非同一般的特质。可是,想治沙就要植树造林,要种树就得有树苗,买树苗就得用钱……他缺的恰恰就是钱。他愁得夜里睡不着觉,忽听到羊圈里的羊叫了两声,这两声羊叫,一下子提醒了他。第二天一早,石光银就要把家里的几十只羊和唯一的一头骡子牵到集市上去卖掉。这可真是疯了,这是要拿全家的日子往大漠里扔啊!妻子想从他手里夺下骡子的缰绳,又哪里争得过他呢?只能听凭他拿走全部家当换了小树苗。

"务进者趋前而不顾后。"说也怪,正是他这副铁了心的架势,竟感动了六七户平素就信服他的农户,大家从他身上看到了绝漠中的一线生机、一线希望:与其这么一年年不死不活地凑合,还不如跟着石光银背水一战,兴许真能干出个前程。于是那几户农民也变卖家畜,把钱交给石光银去买了树苗。这下责任更大了,干不好毁掉的可就不光是他一家人的日子。晚上妻子怎么也忍不住要唠叨几句,但还没说上两句,石光银就截断了她的话头:"睡吧睡吧。"他并不多做解释,连一句劝慰的话都没有,可能他的心里也没有底。所幸他石光银的女人贤惠,男人叫睡就睡,即使睡不着也把嘴闭上了。

但女人的直觉和担心却不是多余的。头一年种下的树全死了，第二年成活了不足 10%，石光银真成了往大风沙里扔钱的疯子。这时候社会上有一种很时髦的理论，叫顺应自然，人是不能跟天斗的。石光银说不出更多的大道理，只在心里不服气：凭啥我这儿的自然就是沙子欺负人，你叫我们祖祖辈辈顺应沙子？其实，老天最早安排的自然也不一定就是眼下这个样子，过去此地连年战乱，天怒人怨，很难说是人祸引来天灾，还是天灾加剧了人祸。毛乌素曾"水草丰茂"，自唐代才开始起沙，到明清便形成了茫茫大漠，这叫石光银该顺应哪个自然？如何顺应才自然？好在石光银身上有股异常的疯狂和倔强，牙关一咬就扛了下来。他常常带着干粮在沙窝里一干就是许多天，当干渴难挨的时候，他就用苇管插到沙坑里吸点水喝。那就像嚼甘蔗，把水咽下去，将沙子再吐出来。或许这就是造化的公平，在毛乌素的沙窝里，扒一尺多深，沙子就是湿的，沙漠里的地下水位远比沿海大城市里的地下水位高得多，打井打到地下 8 米就能出水。"毛乌素"在蒙古语里是"坏水"的意思，可如今在毛乌素生产的沙漠大叔牌矿泉水，是水中的极品。这是后话。

老天果然不负苦心人，第三年石光银成功了，种树的成活率达到 90% 以上。20 多年来，石光银种树治沙 22.5 万亩，已形成 400 多平方公里的防护林带，莽莽苍苍，吟风啸雨，蔚为大观。有人或许对用平方公里计算的树林形成不了具体的概念，那么就说得再形象一点：将石光银种的树排成 20 行 50 米宽的林带，可从毛乌素一直排到北京。若改成单行，则可绕地球一圈还有余。这些在毛乌素沙漠里已经自成气候的林木，不能不说是对当代人类的一个重大鼓舞。在当前全球的生态危机中，沙漠化排在了第一位，被生态学家称作"地球癌"。眼下地球上的沙漠达到 3600 万平方公里，相当于 4 个美国的面积，占全球陆地总面积的 30%，世界上约有 9 亿人口受到沙漠化的危害。而中国又是世界上受沙化危害十分严重的国家，沙化面积达到174万平方公里，占国土面积的18.2%。

所以，石光银两次被邀请到联合国防治荒漠化大会上讲演，介绍造林治沙的经验。他先被国际名人协会评选为"国际跨世纪人才"，后被联合国粮农组织授予"世界优秀林农奖"。若是其他行业的时尚人物获得了这样的国际荣誉，还不得闹腾得家喻户晓？这也正暴露了当今媒体时代在精神上有块沙漠，忽略了真正的时尚。而石光银从一降生就面对沙子，大漠历练了他的精神、他的定力，无论是荣誉，还是人世间最大的痛苦，都不可能让他迷失、让他颓丧。他在治沙上最得力的助手、他唯一的儿子石战军，一个38岁的壮汉，在运输树苗时遭遇车祸丧生。不是都爱说"好人有好报"吗？

自知者不怨人，知命者不怨天。没人知道石光银是怎样化解了这巨大的苦痛，也没人听到他说过一句怨天尤人的话。恐怕他心里早就清楚得很，治理毛乌素不是一两代人就能完成的，恐怕死一两个人也是正常的事。当初既然是自己挑头，就得由自己承担全部后果。历尽天磨成铁汉，他只要有点闲工夫，就钻进自己亲手栽种的树林里，听着树叶被风吹动，发出"哗啦啦"的响声……对他来说，这才是世界上最美妙动心的音乐。命运已经给了他最丰厚的回报，在这时候就连他也相信"老天是有眼的"——这才是毛乌素该有的大自然。一向不爱多说话的石光银，却多次向家人和亲友们重复一句相同的话："我活着就是种林子，死了将林子交给国家。"

他一如既往的淡定、坚韧，犹如毛乌素沙漠里一束圣洁的光。其实，石光银并不孤单，在毛乌素治沙有了大成就的还有几个人。生活在远处另一个沙窝里的牛玉琴，有着跟石光银大致相同的经历，丈夫因治沙积劳成疾，后不幸去世。她独自一人抚养孩子，照顾因患精神疾病常年神志不清的婆婆，还要像男人一样治沙，或者干脆说像牛一样勤劳无怨。因为她懂得一个道理：怨人的穷，怨天怪地的没志气。周围的人都说："这个婆姨生生是用泪水和汗水把一棵棵树苗给浇活了！"到她60岁的时候，已经造林治沙11万亩。长年累月的、难以想象的劳苦和艰难，并没有摧毁她柔美而丰富的情感世界，为了表达对丈夫张加旺的思念，她给自己投资兴建的小学取名"旺勤小学"，把育苗基地叫作"加玉林场"，将自修的沙漠公路命名为"望青路"——走在这条路上就能望见青山绿水。这是她的梦想。而所有治沙人，心里都有个梦。

实际上只要治住沙子，其他的就都好办了。治理前沙窝里寸草不生，树一栽起来，林子一成气候，各种绿色植物就会自生自长，遍地蔓延。有了防护林的沙地也很容易被改造成草场和庄稼地，不然毛乌素这个大沙窝怎么能成为现在的土豆种植基地？渐渐地，绿色食品加工厂办起来了，养殖场建起来了，药材种植基地形成了……石光银们摸索出了林、农、牧、药多业并举的路数。他实现了自己当初的诺言，让周围的农民都脱贫了。可他的家里，一年到头每天只吃一种"和菜饭"：将菜、米、面、盐一起煮，菜饭合一。只在过年和有应酬的时候才会放点肉，或包顿饺子。他和家人早就习惯了这样的生活。而他的林子和那些企业估算起来，至少值几千万，他为啥还要这般苛待自己？他说："我还欠着银行300多万的贷款，哪有条件享福？"沙漠里的树是只能种不能砍的，石光银说："不管我种多少树、办多少经济实体，都不是为了我个人赚钱。我要钱干啥？还不是为了治沙、为了再多种树。"

面对石光银这样一条铮铮铁汉，精神上会感到健旺、畅达，对毛乌素和沙漠里的人，会生出一种信心和希望。他们是沙漠的魂，是毛乌素的胆。据说毛乌素里的定边县名，原是北宋文学大家范仲淹所赐。而石光银们，用自己的一生证明，定边只有定住沙，才能定住绿；定住绿才能定住魂，定住魂才能定边——底定边疆！

（写于2014年）

五邑"侨心"

江门别称"五邑"（即所辖新会、台山、开平、恩平、鹤山五县），明明是城，却称门。城以门兴，皆因其门大开，不只是为了接纳，更是为了出去。江门人的"出去"，开创了一种源乎其多、浩乎其大的文化现象——侨文化，江门也成了中国的"侨都"。

19世纪中叶，美国、加拿大以及澳大利亚涌现淘金热，于是江门五邑地区掀起奔赴"金山"的移民潮。当时一张赴美洲的通舱船票是120元，这在当地可买12亩地。无钱无地的要先卖身，卖身还有条件，须赤身裸体、不吃不喝在烈阳下暴晒四小时。经得住这种考验的小伙子，买家才肯出钱，到海外后要以工抵账。江门的许多青年人就是这样以生命搏击命运。

于是，江门开移民风气之先，成为最早向海外移民的地区之一。时也，势也，势已成，无人能逆。随后不只是去美洲、澳大利亚，更近一点是"下南洋"。有些卖身出去的人确是做了奴隶，甚至戴着能走不能跑的脚镣在马来西亚的橡胶林或甘蔗田里劳作，有的要做满8年才能获得自由。大多数华侨在海外站稳脚跟后就开始往家里寄钱，因华侨众多，随之创造了一种亘古未见的流通方式：侨批。一张巴掌大的稍硬一点的纸片，一面是汇票，写明钱数和收款人的地址、姓名，背面是游子写给国内家人的书信。侨批到了江门，由专门人员背着编制细密的大竹筐，跑遍五邑，挨家挨户地派送。

那圆形竹筐，粗可一抱，高过半米，要用这么大的竹筐装侨批，可想而知五邑之地华侨之多，寄回的钱的总量自然也不少。华侨的家人拿着侨批，就可到当地银行兑换现金。这些钱不仅改变了许多家庭的命运，甚至成为五邑侨乡的经济命脉。

华侨之心，系于家乡，在海外挣了小钱的往家里寄，挣了大钱的，回乡办大事。旅美华侨陈宜禧，修建了中国第一条自主投资、自主创建、自主经营管理的民办铁路，自台山（古称新宁）至江门北街，全长133公里，46个站，名为"新宁铁路"。于1909年通车，连接台山腹地，贯通粤东要镇，不仅便利五邑百姓，也促使江门贸易空前繁荣，海关进出口业务大幅增长，并与海外社会形成了紧密的人流、资金流、物流以及信息流的联系网络。到清末民初，江门独特的侨乡社会已然成型，被称为"中国第一侨乡"。

还有一种发了财的江门人，回家乡置地建楼，即所谓"碉楼"，这种楼兼具碉堡和居住双重功能，矮的四层，高的六层，楼顶建有坚实的女儿墙，墙角、墙中辟有枪眼、炮口。楼与楼相距甚远，为保证每栋楼都视野开阔，楼与楼又可相互配合、共同御敌。当时侨乡富户的共同敌人，就是土匪、海盗，这些匪类知道华侨大户有钱。

旅美华侨谢维立，依照《红楼梦》中大观园的描述，建造了巨大的"立园"，取意"立树立人"。集传统园艺、西洋建筑、江南水乡于一体，别墅区一排六幢独楼，其中一幢是孩子们读书的"教学楼"。中心区是一幢巨大的古式碉楼，名为"泮立楼"，旁边不远处是毓培别墅。立园内古木奇树，名花异草，楼台亭榭，小桥流水，有曲径回廊将全园建筑连成一体。立园的正门前是写有"本立道生"的大牌坊，因立园隔着运河遥对虎山，故牌坊两侧是数十米高、用精钢打制成的打虎鞭。此运河是谢维立为建园而开凿的，直通谭江，谭江入南海。运河平时像故宫的护城河一样是景观，也起到护园的作用，遇到紧急情况，立园各楼的下面有暗道相通，全家人可通过暗道到达运河码头，登舟远遁。日本侵华，强占立园，将里面的无数珍宝和藏品洗劫一空。万幸的是，完整而魁伟的建筑得以保留，后被列为世界文化遗产，每年向数百万来参观人述说着五邑侨乡的历史和现实。

华侨文化可以说是世界性的文化现象。19世纪下半叶，华侨在美国旧金山创建了唐人街，以"三把刀"：杂货、中药、中餐享誉全美。很快，纽约等大城市也开始仿效，直至拓展到欧洲一些城市……由此，华侨渐渐地变为华人。这不是简单的名称的改变，而是从侨居异国的外来者，变为当地社会的组成部分。

祖籍江门恩平的冯如，1907年在旧金山东部的奥克兰创建飞机制造厂，1909年，他制造的飞机试飞成功，轰动一时。随后，他便将工厂更名为"广东飞行器公司"，两年后他率领工厂的主要技术人员带着重要机器设备回国，成为中国飞机设计、制造和飞行的第一人。华侨的拳拳之心，在战乱频仍的年代更加赤诚动人。江门新会的郑潮炯，少小下南洋谋生，平时以摆摊卖小食品度日。1937年，中国爆发全面抗日战争，他收摊改背个大布口袋，到南洋各埠义卖瓜子，所得义款18万余元，全部捐出以助抗日。

郑潮炯只是一个代表，以心齐闻名于海外的五邑侨民，有钱的出钱，有力的出力，在当时成为一种风气。一些在国外受过训练的华侨，干脆直接回国参战，著名的飞虎队中的空勤大队，大半是江门籍的华侨。

旅美华侨中最具传奇性的人物，当数司徒美堂。司徒美堂，江门开平人，少时读私塾，也习武，成年后练就一身好功夫，一刀一棍可令六七个汉子不得近身。1880年初春赴美，在旧金山会仙楼餐馆打工。1886年的某天，有一白人流氓来吃"霸王餐"，大吃大喝后不付账，还狐假虎威、骄横欺人。司徒美堂秉性耿直，看不下去，便想出头教训一下那小子，不想现场群情激愤、叫好助威，加上对方反抗剧烈，他一时没有拿捏好分寸，三拳两脚竟将那流氓给打死了。

在美国惹下人命官司，幸好整个华人社会团结起来，联名上书并到警察局陈述事情经过，为司徒美堂求情。司徒美堂在美国监狱只关了十个月就放出来了。

1884年，司徒美堂加入洪门致公党，后来成为这个组织的老大，所以社会上流传他是致公党创始人之一，也是美洲的华侨领袖。他领导这个组织几十年，其间多次为孙中山捐款，两人相交甚厚。富兰克林·罗斯福在出任美国总统之前，是洪门的法律顾问，据传他和司徒美堂按中国习俗还结拜为兄弟。可见洪门在美国的影响力之大。

1894年，司徒美堂在波士顿的洪门内另辟一个系统，成立"安良堂"，很快在全美31个城市都建立了安良堂分部，有成员2万多人。抗日战争爆发，司徒美堂在几年间为抗战筹措经费330万美元。抗战胜利后，蒋介石曾邀请司徒美堂回国就职，他婉言拒绝。1949年9月，毛泽东邀他回来参加开国大典，他却一口应承，并于10月1日登上天安门城楼。后当选为全国政协委员、中央人民政府委员兼中央华侨事务委员会委员……

司徒美堂在海外漂泊一生，最终叶落归根。他87岁在北京谢世。周恩来亲自主持公祭大会，灵前摆放着毛泽东、朱德、刘少奇等送的花圈。可谓备极哀荣，一生功德圆满。

千年胡杨拐

去年盛夏，我雨后负重外出，上台阶一脚踩滑，将右膝扭伤。当时疼痛难忍，竟动弹不得，被朋友送到医院一查，除韧带拉伤，右膝内还掰掉了三块小骨头碴，医生称其为"游离体"，在我的膝盖内游来游去，一旦卡在骨头缝里，随即就疼得不能动了。医生给出两个建议：一是在膝盖上打几个眼儿，把骨头碴取出来；二是鉴于我马上就80岁了，再养一段时间看，等消肿后疼痛会减轻……

我不能忍受膝盖被打眼儿，而且还是"打几个眼儿"，就选择了第二项。但不能因为一个膝盖内有几块碎骨头碴，就整天躺在床上装病号，时间长了整个人岂不呆废？于是我毁了一把大伞当拐杖，有些实在推辞不掉的活动，顾不得形象难堪，一瘸一拐地去捧场。一老友见我拄着个破伞太难看，就在接我的路上买了根拐杖送给我。拐杖很轻巧，拿在手里也省劲儿，以后凡外出就手不离拐了。

去年年底，我在广州又见到当今笔记大家陆春祥先生，一位沉静而有真才实学的人，他说我该换个好一点的拐杖。我知道该换个拐杖了，眼下这个拿着轻便，但短了一点，拄着它身体向右歪斜，老伴调侃我是"半倒体"，几次想拉我去买趁手的拐杖，我一直拖延，总觉得凑合几个月就好了，我不可能余生就离不开棍子了。很快新冠疫情暴发，人被封在家里不能外出，拐杖也可有可无了。

今年夏末，陆先生乘热销的新著《九万里风》，逍遥游到"活着三千年不死，死后三千年不朽"的胡杨最集中的额济纳，为我买了一根千年胡杨木拐杖，千里迢迢地快递给我。打开包装时我惊呆了，这是一件宝物，一件奇绝的艺术品。满长1.02米，很有些分量，拄着正趁手，还可防身。因其是千年老木，铁干铜肤，通体深黄泛紫，唯峥嵘古木上布满大小不等的节疙瘩，呈铁红色。其形状酷似花朵，大的如玫瑰，中等的似百合，小的如花蕾或大枣、蚕豆。看着像花朵一样，摸上去却如钢铁铸就。千年来老胡杨啸风吟雨，汲取日月精华，木质坚硬，状如龙盘劲节，拿在手里似龙蛇在握，仿佛一不小心会向空腾掷而去。

有了这样的拐杖，抬脚动步就离不开它了，不用会觉得对不住陆先生的深情厚谊。于是我恢复散步的习惯，每天清晨陪老伴去菜市场买菜，前三五百步右膝疼痛而僵硬，千步以后疼痛大减，腿脚也灵便许多。还有一个外在因素，让我不得不手拄龙蛇杖、昂头挺胸做潇洒状——到哪里都有"回头率"了，人多的地方有时甚至会"众目所归"。千年胡杨木或许有不为人知的强大气场，让人们无法忽视它，有见面熟的人竟主动上前搭讪，甚至想摸一摸我的胡杨老拐。我自然乐意与别人分享这难得一见的奇木，也可借机炫耀一下千年胡杨的传奇。

过了一段时间，我发现右膝内的"游离体"不再轻易地往骨头缝里钻，而且骑自行车和游泳都不疼。原来，这是一种"懒伤"，越懒越疼，动起来反而好得快。于是我又恢复了游泳，每天傍晚游1000米。我还特意买了把链条锁，将胡杨木拐杖锁在泳池旁边的管道上。第一天去，几乎所有的泳池救护员都试拄和把玩我的拐杖，并因此都跟我熟识了。原来手持此杖，我这老家伙不再被人躲之唯恐不及，与人交流变得更容易了。

千年胡杨木的灵气，助长了我的活力。陆先生赠拐，如同赠腿，令我感念不已，遂行文以记。

感受光明

在深圳光明区下饭馆,点饮品或甜品,竟然可以尝到牛初乳。这么多牛初乳供应市场,得有多少第一次下奶以及尚未成年和早已成年的奶牛啊?这里可是中国的一线繁华大都市深圳!

放眼四周,高楼林立,深圳光明区聚集了诸多科学研究机构和高新技术产业,建起了世界一流的科学城——国家科学中心。白昼一派繁华,夜晚灯火通明,我们想象中的未来真的到来了。

这其实是光明的应有之义。奔向光明是人之天性,光明区拥有人口百万,藏龙卧虎,不乏来自全国乃至世界各地的高端科技人才,个个在此施展殊能。它恰好又位于广深港发展的中轴,是广深科技走廊的重要节点,便自然而然地成为深圳的"智造"高地、生态型高新技术产业区,可谓得天独厚。

空言"高大上"欠缺说服力,还是要提供具体的镜头。光明区有一街道名"凤凰",由当地一古村名演绎而来。此地曾有一山,昂首向东,甩尾于西,两翼往南北伸展,状若凤凰展翅。每天清晨,上班的人陆续走出主街两旁二三十层高的住宅楼,进入胡同,又由胡同涌向主街。如同山间飞泉倾泻而下,最终汇成滚滚洪流,浪推浪赶,奔向街口。

这"洪流"中除去步行者,还有数不清的电动车和汽车,上班族精神焕发地奔向工作岗位。这是忙碌的"洪流",也是欢乐的车水马龙,畅然爽然，夹带着诗人的吟唱："日出不是早晨，而是朝气……"经历过疫情大考的人，体验会更深刻，仿照托尔斯泰的句式来一句：人生唯一可能的、唯一真实的、长久的、最牢靠的快乐，首先是从工作中得来的。

光明区有个"凤凰之环"就在此街，它由珍珠、钻石般的高端企业构成。在数字时代，要说明这个"凤凰之环"的价值，也不妨用数字：区区一个街道，竟集中了一批高新企业、大型企业，有年产值（以2021年为例）超百亿元的企业4家，超十亿元的企业15家，产值过亿元的企业56家，当年"规模以上工业总产值1419亿元"。

"规模以上"这个词，令人感到新鲜，企业要达到一定的规模，才可进入统计范围。无以计数的"小打小闹"的企业，尚未囊括其中。

当今世界是经济社会，在商言商，曾有过负债写作经历的陀思妥耶夫斯基在作品中说："金钱是被铸造出来的自由。"历史和现实都证明，在地球村的丛林里，贫穷落后只有被卡脖子或挨打的份儿。王尔德则更直截了当："在我年轻的时候，曾以为金钱是世界上最重要的东西。现在我老了，才知道的确如此。"

而光明区给人的启示是："让利润充满阳光，让财富远离虚荣。"他们做到了。

"凤凰之环"的中心是"田园科学城"。在深圳，高楼大厦并不新奇，田园般的高楼大厦或高楼大厦式的田园，就不一样了。光明的"高新技术产业区"不难理解，但为什么会是"生态型"的？高新技术和生态如何协调？

不可把光明区想象成现代大都市里一般的繁华区，这是岭南的一块宝地。光明区面积约156平方公里，且青山环绕，背山面海，岗峦起伏，端的是"百里青山入繁城"。区域内多台地和冲积平原，因此土地资源丰富，潜力深厚，善生俊异。

"土地是财富之母。",现代发达国家,无不"以都市为灵魂,以土地为根基"。这是光明区最大的优势,也是在为深圳、为国家养蓄后劲。因此,这个现代工业发达的光明区,竟然还有亚洲最大的养鸽基地、国内最大的鲜奶出口基地、广东最大的西式肉制品基地……因此,在光明区的任何一家饭店里都能喝到牛初乳,也就不足为奇了。

有土地,还要有生命之源——水。光明区水系丰富,茅洲河穿境而过,另有14条干流和支流,草长莺飞,生机盎然,人们沿水而嬉,气韵俱盛。水域广阔,于是形成鹅颈、大凼、红坳等18座水库,其中公明水库面积6平方公里,正常蓄水位约60米,库容1.42亿立方米,相当于杭州的西湖。

从这个意义上说,光明区可谓深圳的大后方,或者叫作根据地。

其实,光明区是块古地。发展历程可追溯至明末清初,曾名"公平圩""公明圩",取"公道""光明"之意,以彰显公明,辨别善恶。

公道自然光明,光明必须公道。1958年,光明区成立"光明农场",专为香港提供高品质的农副产品。于是,"光明"有了更具体而深邃的含义,公平之上还有正义,光明之上还有人道。

天高地厚,山水连城,大自然赐予光明区上佳的生态环境,再加上精心规划、细致维护,自然是锦上起锦,花上添花。域内多古树奇木,卓立高枝,撑出浓荫,洒下一片清凉。除较集中的千亩荔枝林和84平方公里的生态控制区外,全域随处可见果木。红花山公园、虹桥公园、欢乐田园等大小不等的社会公园,构成全区别有特色的花园体系,"推窗见绿,出门入园"。

光明、光明,不远闹市,又不失宁静。林在城中,水在林间,房在园中,人在花中……穿过繁华的中心区,便是绿原阔野,阡陌纵横。街道两侧林木森森,叶茂花繁。譬如大顶岭,山不是很高,道路整洁,没有垃圾不足奇,也没有随处可见、人们却又见怪不怪的文字垃圾,就令人格外神清气爽。山上山下古木森森，繁荫重重，是人们活动腿脚、强健身心的仙境一般的去处。

　　向往光明，自然要有一个归心亭。这是一座建在山岗上的高台，周围珍卉丛生，随时异色。台顶建亭，亭外有敞阔平台，清风习习，是人们消闲的妙处。每当夜幕降临，站在台上纵目远眺，深圳和香港的万家灯火尽收眼底，四周一片光华璀璨。平台上，孩子们嬉戏，姑娘们唱歌，"老中青"在跳舞，还有合唱团放声高歌……

　　弘一法师曾书名联："放大光明百千亿，灭除一切众生苦。"光明的含义不就是"饶益众生"吗？

峁塬情深

陕北有一种连说带唱的曲艺形式，叫"横山道情"。如今，"道"横山之情，要先讲横山之"大情"。情之大者，离不开天地造化的成全、大自然日积月累的馈赠。

横山绵延千里，脉络巍然，牵领着陕北大大小小8000余座山峦，成就并护持着横山及整个榆林，使其整体地势由西北向东南倾斜，与中国西北高、东南低的地形地势何其相似！

横山东界有黄河护卫，中部是700公里的明长城横贯东西，长城以北为风沙草滩区，与毛乌素沙漠南缘接壤；长城以南则是黄土丘陵，地势高亢，峁塬宽广，土层深厚。土厚才好藏宝。再加沟壑纵横、梁涧交错，横山历来被视为大漠边塞，除去被兵家看重其战略地位、连年征战之外，长期被商品社会忽视。

正因为被忽视，才好积蓄，才能深藏。野气蒙蒙，却蕴藉无穷。当国人的资源意识突然觉醒，为资源的浪费痛心疾首，为资源会枯竭的忧虑日益深重，并开始认真计算经济发展的资源成本时，包括横山在内的榆林，石破天惊地成为中国经济发展的接续地，被世界称为"中国的科威特"。

顾名思义，接续地就是为国家的继续发展提供动力、注入活力，使发展有强大的后劲，得以继续。榆林是中国的福地，有榆林是中华民族的福气。这是怎样的一种福气呢？类似一个急等用钱的人，意外地发现自家的地窖里竟埋藏着无数金银珠宝：

拥有"世界七大煤田"之一的神府－东胜煤田，以现在最先进的开采技术，可供开采 200 年。而横山地下的岩盐储量，是煤储量的几十倍。岩盐既可提炼最纯净的食用盐，又是化学工业的重要原料，中国目前陆上最大的整装天然气田位于鄂尔多斯盆地北部，横山正处于其腹地之中，于是它责无旁贷地成为亚洲最大的净化装置及火电、甲醇生产基地……

包括横山在内的榆林，土地面积 43578 平方公里，每平方公里下面井然蕴藏着：

世界少有的侏罗纪系的优质动力和化工用煤 622 万吨；

石油 1.4 万吨；

天然气 1.4 亿立方米；

岩盐 1 亿吨。

其资源组合配备之好，国内外罕见。真可谓寸土寸金的宝地！

横山苍苍，地脉奇绝，千峰藏宝，万壑聚福。这么多能源、矿产富集一地，老天真是待我们这个民族不薄！

历朝历代糟蹋了那么多资源，老的资源基地将要枯竭，新的更大的资源宝地又被发现了。由于长期深藏不露，至今方横空出世，这叫后来居上。如今，人们的资源观念跟从前的大不一样了，社会的文明程度毕竟在提高，有后劲才是最大的优势。前几年，我去一个知名的老产煤区采访，煤区中心大城市通向四方的公路，被运煤车轧得坑坑洼洼、破破烂烂，空气严重污染，煤区地面塌陷……我写过一篇短文《黑色温暖》，产煤区为国家输送了几十年乃至数百年的温暖，国家是不是也该给产煤老区应有的温暖，甚至是应有的感恩？

近年来，国家有个耳熟能详的巨大规划——西气东输、西煤东运、西电东送。"西"的重要组成部分就是横山正在建设的国家能源化工基地；而"东"，就是广东、上海、江苏、浙江、京津冀地区——这不就是整个东部沿海发达地区吗？但愿同气连根的"东"与"西"，不会因发展的差异而产生人们司空见惯的傲慢和健忘。

最近，我们在横山走了很多路，登峁塬，穿沟壑，寻古堡，访大院……无论到哪里都天空清湛，白云悠闲，空气清凉。当地人无不自豪地讲，横山每年有近300天空气优良，偶尔才会有扬沙天气。无论是疾驰于公路、土道，还是在峰峦沟壑中穿行，都未见一块块如大山疮疤似的采煤窑，以及一个个的煤堆，也未见有被遗落在路边的稀稀拉拉的煤渣、煤灰。横山的旷野莽原，草木静默，山峦苍苍，全无一点浩大的富矿区迹象。以往我见过的产煤区，路边相隔不远就会有一片煤堆，远处山坡上被挖得千疮百孔……

然而，在横山山区诸多古堡和窑洞前的矿场上，码着像过去的柴火垛一样的煤垛，煤块竟都像砖一样有棱有角，呈长方形，垒砌得整整齐齐。真不知这些煤是从哪儿采的，又是怎样翻梁越沟地运过来的。有一天，气温-15℃，我们在武镇看横山老腰鼓的表演，打腰鼓的农民从四面八方的村子开着汽车来到镇前的广场上。他们的汽车都还不错，因为要经常爬坡过沟，须具备一定的越野功能，最显眼的是一辆路虎。真是地有宝藏，人长精神。

农民用很少的柴，在广场四周点燃了三个不大的煤堆，那煤块铿亮而纹路清晰，仿佛用根柴一敲就碎。煤烟不多，火焰却很旺，距离它一米多远就被烤得皮肤有烧灼般的疼感，我算真真切切地感知了横山长焰煤的厉害。一个多小时之后，老腰鼓演出结束，那煤堆最底层的煤块还没有烧透。如果不是人为地用水将其浇灭，我估计那煤堆得烧上一整天。

　　峁塬对人情深，峁塬人乃至整个中国的人民，终于懂得了爱护和感谢峁塬。

河的经典

历史是在河边长大的,是水养育了人类文明。现在人们喜欢谈梦,而梦的源头是童年的快乐,童年的快乐又多半与水有关。倘若生命中有一条河能陪伴终身,那便是人生一大幸运。如果我做了一个让自己能笑醒的梦,一定与家乡有关。但凡梦到家乡就少不了运河。

运河,是水的经典。

南运河的主要河段在沧州境内,有关它的各种神奇的传说与现实,强烈地占据着我童年的记忆。比如,凡是沧州人都知道,离运河近的村庄就富,离运河远的地方就相对要贫穷一些。运河边的地肥沃,庄稼长得水灵、饱满,萝卜又脆又甜,掉在地上摔成八瓣儿。西瓜就更别提了,个头大,脆沙瓤像灌了蜜。有一回趁着下小雨,我跟着大一点的孩子过河偷瓜,那时乡间有句话:"青瓜绿枣,吃了就跑。"好像摘枣吃瓜不算偷。本事大的孩子,一次可以摘两三个,每个都带一截瓜秧,到河里时一只手抓着瓜秧,一只手划水,西瓜浮在水面上像救生圈。

我的水性没有他们好,只能拉着一个瓜过河,还不敢摘太大的。那次恰巧被看瓜人发现了,奇怪的是他只大声吆喝,并不追赶,他要真下河抢回那些西瓜是很容易的,但他却只站在河岸上看着我们,一直看我们抱着瓜爬上对岸,才回瓜窝棚。比我大几岁的堂哥说,人家是怕一追咱们，咱们一害怕呛水、出事，河边的人厚道。自那天起，我们就再没有过河偷过瓜。

当地人都把运河叫作"御河"。相传明朝第九位皇帝朱祐樘，派人到沧州选美，闹得鸡飞狗跳。一个长着满头癞疮的傻丫头骑在墙头上看热闹，还顺手把惊飞了的花公鸡揽在怀里。这一幕恰恰被选美的钦差看到，认为她就是"踏破铁鞋无觅处"的"骑龙抱凤"的贵人。傻丫头进宫前总要洗洗头，打扮一番，于是她便提来御河水，从头到脚洗了个痛快，不想几天后满头癞疮竟不治而愈，长出浓密的黑发。御河里流淌的自然不是凡水，否则运河两岸就不会有那么多名闻天下的好东西：青县大白菜、沙窝萝卜、小站稻米（引运河水浇灌）、泊镇鸭梨、金丝小枣……一方繁荣与否，跟水土好坏有很大的关系。

还有一句老话："一方水土养一方人。"运河边上的人厚道仗义、见多识广，素有"燕赵之地多慷慨悲歌之士"的称誉，这里有荆轲的遗风，有林冲的庙宇，绿林好汉、侠客武师常云集此地，留下一代代尚武的风气。击败沙俄大力士、受康熙嘉奖的丁发祥，宣统时期的武术教官、八极门拳师霍殿阁，大枪一抖能点落窗户纸上的苍蝇而窗户纸无损的神枪李树文，张学良的武术教练、燕青拳拳师李雨三，双刀李凤岗，大刀王五，神弹子李五，饮誉中外的"神力千斤王"万国竞武场上的王牌武士王子平……他们都是运河边上的沧州人。过去有"镖不喊沧州"一说，不论何方来的镖车镖船，不论货主是富户豪门还是势力浩大的官家，路过沧州必须卷起镖旗，不得显武逞强。我曾见过一个统计数字，当今的沧州一带还有74%的农民习武，城里人口二十万，习武的倒有四万多，有十七个武术社、六十多个拳房。人称"沧州十虎"的通臂拳拳师韩俊元父子，全家二十四口人，个个习武。老三、老八是连续三届的全国武术比赛的金牌得主，真可谓"武建泱泱乎有表海雄风"！

这就像运河的另一副面孔一样，赶上涝年发大水，运河突然增宽好几倍，水流浑浊，高出地面一丈多，恶浪排空，吼声震天，像一头脱缰的红眼莽牛。人们在堤岸上搭起帐篷，日夜守护着变得像皇帝老子一样暴躁、瞬间就会翻脸不认人的御河。如果有谁看见一条水蛇或一只乌龟，立刻大呼小叫，敲锣报警，大家一齐冲着水蛇、乌龟烧香磕头。水蛇自然就是"小白龙"，可以率领惊涛恶浪淹没任何一个对它礼待不周的地方。至于乌龟，据说它的头指向哪里，哪里就会决口。而河堤决口以后非得请来王八精才能堵上。

当时我还小，不懂得替大人分忧，只觉得热闹、好看，看护河堤比过年、比春天赶庙会还有劲儿。特别是到了晚上，河两岸马灯点点，如银河落地，很像刘备的七百里连营大寨，田野一片安静，间或有蛐蛐之类的小东西们叽叽啾啾一阵。唯有那瘆人的涛声，一传十几里，令人毛骨悚然。每"哗啦"一声，人们就把心提到了嗓子眼儿，我依偎在那些心宽胆壮的汉子们身边，他们讲的那神魔鬼怪的故事，更增添了防汛夜晚的恐怖气氛。

我当然还是最喜欢春秋季节的运河，恬静、温柔，特别是傍晚，在西天一片火烧云的映照中，或坐在岸边的石墩子上，或爬到河边的大树杈子上，看着运河里的船队来来往往。顺风顺水时一排排白帆，仿佛是运河的翅膀，带着整条河的清水飞了起来。也有逆水行舟的，一排排纤夫弯腰弓步，肩上扛着同一根大绳，嘴里喊着号子，竟也将船拉得飞快……在津浦铁路修筑以前，大运河是沟通我国南北的大动脉，而南运河是贯穿河北省的主要航道，流域面积近四千平方公里，不仅养育着沧州市周围的众多百姓，每年还向天津市提供优质水十亿立方米以上，运货百万吨之多。那时，我还没有见过黄河、长江，御河就是我心目中最壮观的大河。

运河陪伴着我长大，我陪着运河变老。我曾经以为千年运河是永远不会老的。1955年，我考到天津上中学，但一放寒暑假就回到家乡，有时贪玩，到了开学的日子却没有赶上最方便的火车"沧州短"，只好沿着运河岸边遮天蔽日的大树林向北走一站路，到兴济镇乘快车。1958年，运河两岸的森林被砍光了，大运河赤裸裸地摊晒在华北平原上，我站在天津西站的站台上仿佛能看到沧州。1963年，中国开始了一场"根治海河"的运动，人们一心想驯服洪水，根治涝灾，唯独没有想到千百年来有涝有旱、涝略多于旱的情况，竟从此变得只旱不涝。1965年夏天，南运河渐渐干涸。根治效果真是立竿见影，修挖了许多朝代、流淌了1000多年的滔滔大运河，这么快就断流。有些河段很快就长草、种庄稼，甚至可以跑拖拉机。

连"曾经看百战，唯有一狻猊"的沧州铁狮子都感到奇怪，沧州城外那一大片摇曳的芦苇地也可以见证，这里曾是老黄河的故道，洪荒遍野，古漠苍凉，每逢洪水涌来，一片汪洋，沧州历来多涝，何曾缺过水？一千多年以前之所以要建造这尊铁狮，就是为了镇住对沧州百姓危害极深的洪水海潮，所以它又名"镇海吼"。它"吼"了千余年，大海是不是被"镇"住了不得而知，怎么把运河的水倒给"吼"没了呢？人们倒真希望铁狮冲着龙王振鬣长吼，请他来为南运河注满清水……

运河是生命之水，是兴旺之河，运河两岸的人们要想活得好，生活发达，就不能让运河这么"死"去。近几年来，人们开始一段段地修复、蓄水，但目前还只是一种景观，用来改善周围环境，以提供观赏，提供回忆或者怀念，或许还有思考和警醒。

它绝不同于一般河流，它是独一无二的，是历史的一部分，是文化的象征。运河不能干涸。虽然它辉煌不再，"大难不死"之后也确实显出老态，但它老成了经典，就像有些老书、老物、老人一样。半个多世纪以来，全国搞了多少浩大的水利工程，将来有几个能像运河这样成为水的经典呢？

　　无论南运河现在的状态以及未来的命运如何，它都以最美好的姿态永远流淌在我的记忆里，也永远滋养着我对家乡的情感。我现在居住的地方离运河的距离，跟老家距运河远近差不多，可以说我大半生都没有离开运河。离运河近，就是离家乡近，无论什么时候，只要一提起运河，我就千般感念，万般祝福！

国凯师兄

陈国凯走了,他选了一个只有他自己在家的时候,悄然仙逝。这绝对是他的风格。能左右这种本来难以自己左右的事,也太像他的行为方式了!

1980年,中国作协请秦兆阳先生带学生,秦先生便从文学讲习所挑选了陈国凯和我。国凯大我两岁,成为我的师兄,由此也成全了我们后半生的兄弟情谊。自那时起,凡有南下广东的机会我绝不错过,几乎每年一次,有时一年两三次,主要目的是看望国凯师兄。他形貌瘦弱,平时也以"弱"的姿态做人立世,脾性极佳,在文讲所一批正当红的作家中,他是最安静、最不显山露水的,而人脉最好的也是他,比他年长或年幼的人,人前背后都呼他国凯。不像我,同学们背后则称我"凶神一号""又臭又硬"。我们俩有着相同的经历,都当过工人,他是工人中的书生,我却是书生中的工人。我因自己这又臭又硬的坏脾气不知吃了多少苦头,因此,他骨子里有种东西非常吸引我,貌弱实强,以弱胜强,这才是男人应有的刚硬和智慧。

"文化大革命"结束后,国家开启的第一个文学奖项"首届全国优秀短篇小说奖",他就榜上有名。然后长篇、中篇一部连一部:《好人阿通》《文坛志异》《大风起兮》……别人还在找"井",他已经"井喷"。那个年代,许多作家协会还处在积重难返、为分房子吵架的阶段,由国凯当主席的广东作协竟建起了自己的办公大楼和宿舍大楼,至今可能还有不少人在感念他。有一次我路过广州,没有事先联系就闯到他家里,当时的广州市市长黎子流正在他家里商量作协建楼用地的事情,令我惊异又羡慕。

有一年他去天津看我,住在我的书房里,那是一个独单元,两面墙都是书柜。第二天闲聊时他透露,我柜里的有些书很好,值得保存,有些书他也想读还未来得及,问我读后的印象如何,还有些书是垃圾,不值得上书架占地方……我暗吃一惊,他即便整夜不睡也不可能将两面墙的书都过一遍眼!他却轻描淡写地说,他看见这些"顶天立地"的大书架很好奇,随便翻了翻。

国凯师兄给人的感觉并不强壮,体内却一直存有"两高":高度近视、高血压。而他又把身体视为皮囊,全不在意,生活随意,几无规律可循,常常该睡的时候不睡,该起的时候不起,或许还因为大脑容量过大,20世纪末终于引发脑出血。这本来是不可逆转的大病,十分凶险,一年多之后,他竟奇迹般地康复,四肢行动如常,大脑思维如常,从表面看生活似乎又恢复了老样子,但他却有一项非常重要的功能没有恢复,那就是说话。一开始我非常着急,也替他难受,无法想象像他这样的人物怎么能忍受得了永远默不作声!

国凯的语言智慧,在文坛上是有一号的。我们俩多次一起参加笔会,仅1982年由康濯先生主持的湖南笔会就历时近一个月,每到一地都有讲座或座谈,每个作家都要讲上一段。自1984年起,我们又成了中国作协主席团的成员,每年至少要开两次会,一般情况下国凯不会主动说话,一副心不在焉的样子。也正是这副沉默的样子,反而让人感到亲切,觉得他离你很近。但有些会是应该要发言的,当他必须开口讲话的时候，会突然令人感到一种陌生、一种神秘，明明是近在眼前的他反而离你更遥远了。尤其是他不在意别人是否听得懂时，便会自然发挥，随自己的方便把客家话、广东话、普通话混成一团，似说似吟，半吞半吐，其声时而如水声潺潺，时而若拔丝山药，口若悬河，滔滔乎其来……没有人知道他在说什么，只听到从他的嘴里发出一串串的音调、音节，以及富有节奏感的抑扬顿挫……中国作协的陈建功称他讲的是一口古汉语。这也正是国凯的大幽默，或许就连他本人那一刻也未必真正弄得清自己在讲些什么。朋友们却喜欢他这个绝活，一碰到会场上沉闷难挨的时候，就鼓动他讲话。

一个有着这般出神入化的语言能力的人，怎可从此不再发声？为此，我请教了不下三位脑科医生，根据国凯身体恢复的状态，他们几乎都认定经过训练他完全可以恢复正常的语言交流功能。然而谁都没有想到，国凯不配合，拒绝接受任何训练。他的家人劝不动他，便求助于我，我也几乎磨破嘴皮子，他定定地看着我，始终不发一声，我说着说着，自己心里先嘀咕了，觉得眼前的这个陈国凯不再是我熟悉的师兄。过去他有两样标志性的东西：满头蓬乱的浓发和两个镜片如厚瓶子底般的黑框眼镜，它们把他的脸衬得又黑又窄，棱角分明，显得老气。如今他留着小平头，透出一种飒利劲，整个人都显得匀称而精干。养病期间，他切除了白内障，视力有所提高，摘掉了那副大眼镜，脸被凸显出来，变得白净、圆润了许多，看上去反而年轻了。以前那个邋邋遢遢、迷迷糊糊的大师兄，如今变得干净清爽、焕然一新。我怀疑他不是不能说话，而是不想说话，如果还要像孩子一样从头学说话，说不定还未必能像以前那么流畅，不如干脆不再说话。自此，国凯果然闭住了自己的嘴。他每天还会浏览书报、看新闻、听音乐，依然关心现实世界，却不再对这个世界发声。

这还不算，一年后我再去看他，他家里的几个大书架上的书籍不见了，换成了CD光盘或音乐唱片，每个书架有七层，放得满满登登、整整齐齐。这些唱片或按音乐史编序，从巴洛克时期到浪漫主义时期再到现代派；或按人编序，从世界著名指挥大师的作品、著名钢琴家的作品到著名小提琴家的作品、著名大提琴家的作品，林林总总，应有尽有；还有几百张中国的音乐作品和影碟……他的家人说他在听音乐上花的钱，足可以买辆宝马汽车。比如他得了大孙子，就上街买一张马勒的《第十交响乐曲》唱片以示庆贺，想借马勒这位集浪漫主义和现代主义于一身的伟大音乐家的作品，表达孙子出生给自己带来的欣喜和启示。一排复杂而气派的音响设备占据了大半个客厅，后面垂挂着各种型号、各种颜色的电线，粗粗细细的，结成发辫，扭成一团。国凯夫人告诉我，这都是他自己到商店里选购的，大件东西商店管送，小件的就自己拎回来，然后自己组装、调试。我甚是好奇："他不说话又怎么能做到这一点呢？"他的夫人含笑摇头："我也不知道他是怎么办到的，因为他从来不运动，所以我就不干涉他逛商店，就权当锻炼呗。他现在奉行'三不'主义，第一是不运动；第二是不忌口，想吃什么就吃什么，以前不爱吃肉，现在却专爱吃肥肉；第三是不听话，不管好话坏话全不听，只听音乐。"

原来沉默的国凯师兄活出了自己特殊的味道，这未尝不是另一种强大。音乐和旋律既能把生命引向深奥处，又可以让人的感觉和理解力变得奇妙而迅捷，我觉得他仍然有一个豪华的精神世界。听着曼妙的西方古典音乐，我走进他的书房，写字台上铺着一幅刚写好的大字作品："人书俱老"，运笔流畅，苍劲有致，上题"子龙弟一笑"。我果真笑了，对他说："能写出这种句子的人至少智慧不老，你到底还是我的大师兄呀！"国凯不愧是才子，大病后还能写出这样一笔好字。《人民文学》特别用两个彩页发表了他的书法作品。

国凯彻底离开了文坛，文坛却没有忘记他。我每隔一段时间就会看到他的旧作被重印，前年人民文学出版社发行了十卷本的《陈国凯文集》。2010年底，广东省人民政府授予陈国凯文艺终身成就奖。我不知道当今中国作家还有谁在自己生活的地方获得过这样的奖励。

国凯的一生分为两段，前段丰硕坚实，后段从容超妙。他无愧于自己的一生，无愧于生活。按北方的习俗，年过七十而逝，可称为喜丧，我由衷地想说一声："国凯兄安息！"

从雪域到黑土

东北朋友来信，说嫩江基地改为中国储备粮公司了。原基地的有些朋友留下了，有些人离开了。我不禁怀念在嫩江的日子，想来基地政委井安民，退休后该回到西宁跟家人团聚了吧。

井安民的经历最为传奇。

当初接到要调离青藏高原的命令时，他竟突然意识到自己已经离不开青藏线了。原来他是这么地喜欢这儿。他爱这冰雪高原，更爱这条穿透了十万大山的公路。他的生命已在这里扎了很深的根，这里埋葬着他的亲人和战友，这里有他的家，是他人生的基地。

但他知道自己是不会违抗命令的。

他是个规范的军人，连经历都是非常规范的：1960年，他考入西宁铁道学院，一年半以后参军来到青藏兵站部，成了一名青藏线上的汽车驾驶员的助手，然后当驾驶员、班长、副排长、排长、副连长、组织股长、营长、副团长、政治处主任、汽车团政委、青藏兵站部副政委。

部队师级职务以下的所有台阶，他都走过，规规矩矩，按部就班，在上级命令的指导下，他一个台阶一个台阶地上，最快半年上一个台阶，最慢八年上一个台阶。无论快慢，他从来不越位，也没有跳过一个台阶，更没有想过，自己在退休前还会离开青藏公路……

这是一条"魔路"，没来的时候怕来，来了以后怕走。

他要向青藏线告别。从接到命令那天起，他的思想就喜欢向过去的经历巡游。所谓青藏线，是一个立体的几何概念，包括公路、通信线路、石油管线和青海省内的一段铁路。其中公路是青藏线的主体，没有它，别的就无从依附。

青藏公路从西宁到拉萨，全长近两千多公里，要钻进海拔三千七百米的昆仑山口，在海拔四千七百七十六米的昆仑山顶通过，穿过六百公里长的冰冻层，再翻越海拔五千二百多米的唐古拉山，最后回落到海拔只有三千多米的拉萨。倘若整个地球是一个游乐园，那青藏线的起伏跌宕就如同过山车的轨道。

修筑青藏线要比古人修长城困难得多。其根据就是古人几次想修而没有修成。

就连"天纵英明"的唐太宗李世民，几次三番想进入西藏，均未成功。最后他想出了一个聪明的主意，把公主嫁给当时西藏的赞普松赞干布。这次和亲成为佳话流传下来。

用姻亲的纽带权充一条公路。

实际上，感情的桥梁难以代替一条实实在在的通道。民国时期，军阀马步芳也想征服西藏，兵到唐古拉，却不战自溃。中国大陆也曾被西方列强瓜分过，曾被日本侵占过。但他们都未曾进得去西藏。

于是，在世人的眼里，西藏成了地球的第三极，神秘难测，连探险队都进不去。直到1949年，一个新的中国如日初升，占尽天时、地利、人和的优势，没有任何一种力量能阻挡得住它的崛起。作为这种气势前导的解放军，更是将勇兵强，在创造了一系列的奇迹般的胜利之后，顺势以和平的方式解放了西藏。

进军西藏固然不像写的这么容易，要保证驻藏部队的后勤供应似乎更难。后来成为西藏自治区主席的阿沛·阿旺晋美，曾亲自组织人用牦牛给解放军运送给养。牦牛运输能解一时之急，但终非长久之计。

长久之计是修一条路，有了通道，西藏就不会封闭，不封闭就不会落后，就会跟整个国家同步。提到青藏公路，就不能不提青藏公路之父慕生忠，他当时是兰州军区民运部部长，负责西藏的运输。他曾赶着七千峰骆驼进藏——7000峰骆驼，那是一种什么场面？那是世界上最庞大的骆驼队，踢踢踏踏，颠颠颤颤，浩浩荡荡，摇摇晃晃，在皑皑雪原上像一道会移动的花白色长城。

骆驼驮的东西只有很少一部分是慕生忠想运进西藏的，大部分是骆驼的饲料，因为往返一次要七个月。这些"沙漠之舟"在戈壁滩上可以逞雄，一到了海拔四五千米的冰川雪原上，就显得笨拙无力，死伤大半。其情其状，极为惨烈！

慕生忠觉得对不起这些温驯忠诚的骆驼。他决心修路。

1951年，他带着两个警卫员，用三个月的时间步行到重庆，勘察川藏间修路的可能性。随后又赶着马车从青海进藏，确定了青藏线的最佳路线。但他却得不到别人的理解，更不要说人力和物力上的支持。在碰了许多钉子之后，他被逼无奈，给自己的老首长、当时的国防部长彭德怀写了个报告，彭总又请示周恩来总理，批给他三十万元人民币。

他带领一千多名民工，用了七个多月的时间，神话般地修出了三百公里长的大道。彭总闻讯大喜，又给他追加了二百万元的经费、一百辆运输车、一个工兵营。

1954年12月25日，公路修到了拉萨，成就了青藏线。其险、其高、其美，也是地球上独一无二的。从国家的中部到西南部有了一条大动脉，于是青藏高原活了！

但要持久地保持这条路，又谈何容易。

井安民在青藏线上跑车二十六年，往返数百趟。

在一条平坦大道上顺顺利利地跑无数趟，也许还跑不出感情。但是在青藏线上跑一趟车，你终生再不会忘记它了。当你早晨上汽车的时候不知道这一天会发生什么情况，不知道能不能平安回来，可是你居然跑了一趟又一趟，跑了一年又一年，几十年下来你怎么会对它没感情？

他曾经非常消瘦。而中国人见了面就爱关心别人的脸色、气色、胖瘦以及吃饭了没有。不经常见面的熟人一碰到他定会大呼小叫，一副无比关心的样子："你怎么这么瘦？气色也不好！"

这使他很不自在，无言以对。他长时间地尽力躲避老熟人，不得已碰了面，也不让对方有机会来评论他的气色和胖瘦。他心里很清楚自己没有大问题，经常拉肚，肠胃难得有舒服的时候，怎么会胖呢？

在青藏线上跑车什么东西都得吃，只要能充饥就行。正常的情况下，把馒头放在工具箱里，冻成冰疙瘩，滚一层油垢，放在出气管上烤一下，用手擦擦油垢就吃了。如果能捡到干牛粪，用干牛粪生火把馒头烤得焦黄，那就更香了。倘若大雪封山，汽车抛锚，不知要等多少天，只能挖野葱，吞雪团，附近如果能找到人家，就讨一点饭吃。

眼下是三月早春，江南自不必说，就是华北大地也该树返青、草吐绿了。但在这青藏高原上却还是低头看雪，抬头看冰，冰峰雪嶂摩肩而立，乱插遥天，蠢蠢生寒。他已经习惯了单一的白色，青藏高原一年四季都会下雪。其实，有些地区的四季只写在日历上，在现实中整年是冬天，没有春夏秋。

他甚至也不记得轻风、柔风、和风是什么样的了，青藏线上有风就是大的，扬尘搅雪，封山断路。他常常被困在半路，为了不被冻死，他深更半夜围着汽车一圈一圈地跑。他睡过雪窝，睡过冰坂，睡过旷野。倘若能找到一个小涵洞就是天大的福气——把被子铺在冰上，用帆布把洞口一堵，很暖和，可算是汽车兵的星级宾馆了！

井安民和他的战友们当然也有自己的欢乐。青藏线上流传着著名的"四大舒服"：第一舒服喝热稀饭；第二舒服过桥，长桥五六百米，水泥桥面，不颠簸，像坐飞机一样——其实他们都没有坐过飞机，并不知道坐飞机是什么滋味；第三舒服是放屁，由于高寒、缺氧，吃冷的、喝凉的，使他们的肚子成天胀鼓鼓的，摸也好敲也好都是不通、不通、不通，人人都盼着放俩屁痛快痛快；第四舒服是晚上睡在皮毛上，天气有多冷，被窝就有多冷，将屋里的洗漱用具放在桌上，第二天就拿不下来了，更不要谈睡在露天，若能反铺皮大衣，让身子挨着毛，是人间一大美！

这样的地方为什么没有人开小差？为什么没有人闹着要调走？为什么有人能离开竟会舍不得呢？

井安民要向永远留在青藏线上的战友告别。

这里埋着为青藏线献出生命的烈士。重云托天，素雪盖地，四周大山披白，峰峦挂孝，表达着青藏高原对人类生命的敬畏感。

墓默默，碑寒峭，它们不只是对烈士的纪念，也是青藏线的一块功德碑。

有一块碑上刻着三十多个人的名字，他们的遗体紧紧密密、结结实实地冻在一起，分不清谁是谁，也无法把他们分开——又何必要把他们分开呢？

有一段路格外凶险，天小山大，路窄涧阔，断崖万仞，势如削冰。平均走不到两公里就会倒下一个人！

井安民是幸运的，在一次事故中只把脊椎撞断了三分之二。还有一次空车下山，气泵坏了，汽车俯冲而下，他抱住手刹狠命刹住车的时候，车头和前轱辘已冲出公路，悬在半空，下面是黑森森的万丈深涧。是车盘卡在路边的石头上救了他一命。

看着战友在自己身边倒下，活着的人也如同被摘心撕肺，跟在平原上、在家里死了亲人的痛苦是一样的，似乎更亲、更痛、更悲、更烈。因为他们在长期的艰险中生死与共，关系不是寻常的骨肉兄弟、亲戚朋友所能比的。

一个战士因发烧后又得了肺水肿,眼看不行了,班长发疯似的咒骂自己:"混蛋,我真是混蛋,为什么不提醒你多带几个氧气袋?"刚从军医大学分配来的年轻军医无力地想为自己辩解:"我以为带这几个足够了,按一般情况也应该是够用的了……"

一般情况?青藏线上哪有一般情况,分分秒秒都是特殊情况!每年每月每日每时每刻都特殊、特殊、特殊!班长被悔恨吞噬着却不肯埋怨医生,医生在内地的大城市长大,肯到青藏线上来工作已经很不错了。他缺少经验,还分不清感冒和肺水肿的区别,还没见过一个挺好的人会在睡梦中悄悄死去。

班长抱住年轻的战友,让他在自己的怀里尽量躺得舒服些。他喘气有些费力,却不停地鼓励战友:"再坚持一会儿,还有十分钟就到兵站了,到兵站一吸上氧气就好了……"只有十九岁的战士平静而坚强,没有哭闹,没有怨恨,甚至没有流露出痛苦:"班长,我不行了。妈,我想我妈!"

说完这句话,战士便告别了这个世界,告别了自己的班长、卡车、青藏线和满眼的冰雪,唯独没有跟他的老娘告别!

他的母亲有病,怎能把这个消息告诉她呢?叫她怎么相信自己活蹦乱跳的儿子说没就没了呢?不告诉她又怎么办?难道继续用冒名顶替的办法,制造更大的悲剧?

井安民离开了那位年轻战士的墓,看到了陵园里一个年纪最小的死者的碑。他刚满一周岁,跟着母亲来青藏线上看望他的父亲,他的父亲在昆仑山兵站上。他是全家的希望和欢乐,也想给还从来没见过他的父亲一个大的惊喜。谁知他那稚嫩的心脏承受不了青藏高原上缺氧的压力,最终没有见到他的父亲。他的母亲紧紧抱着他冰凉的身体,永远不想放下,几个小伙子也掰不开她的手……

井安民失去了一分军人的气度和勇壮,只有悲怆!

他太理解那个孩子母亲的痛苦了。他的母亲为他带大了三个女儿，她来青藏线上看望他们，身体本来很硬朗，却突然发病，来不及准确地诊断，来不及抢救，就倒在了青藏线上。

母亲是他的基地，想起母亲就有一种归属感，回到母亲身边就会有安全感、轻松感。母亲死在青藏高原上，建在青藏高原上的他的小家，便成了他的基地，这个基地也是依存于青藏线的。他如调离青藏线，连自己的基地也失去了。

生活在青藏线上的人都懂得相互帮助，共患难、同生死，因此形成了特殊的人际关系：单纯、和善，格外重视战友情谊。青藏线沟通西南大陆，运送各种物资，东部沿海的各种现代风气、新潮观念却无法全部送到青藏线上来，运上高原。

冰雪有防腐、降温的功效，奇高奇险又能隔尘绝俗。习惯了青藏线上的生活，就很难适应其他地方的生活。有些老兵转业回到上海、安徽、山东，没过多久又跑回了青藏线。甚至许多有病的人，兵站部医院开出病历叫他们到西安军事医科大学做彻底检查，他们往往把病历撕掉，也不去检查——一是怕确诊后让自己转业离开青藏线，二是怕去了后变成个骨灰盒被送回家。既然都得死，不如死在青藏线上、埋在青藏线上。

井安民收住邈远的遐想，他终于要离开青藏线了。像当年他来的时候一样，是一个人离开的。他的家还留在青海，妻子在青海有自己喜欢的一时离不开的工作。如今，妻子成了他的基地，妻子在哪里，哪里就是他的家，就是他的基地。

连他要好的战友都想不通——他为什么不拒绝这次提拔？都五十岁出头的人了，又是一身病，为什么还像当年参军一样单身赴任？再说那是个什么"任"啊？去的也并不是一个好地方……

总后勤部下属几十个师级单位，条件最艰苦的有两个：一个是青藏兵站部，另一个就是他要去的地方，中国最东北、夹在大兴安岭和小兴安岭之间的总后勤部嫩江基地。从西南到东北，从雪域高原到嫩江平原，在一个艰苦的地方工作三十三年，又被调到另一个艰苦的地方去。

正因为如此，他才必须服从命令！

真正的勇气有好几种，包括服从、隐忍和自励。而且，他也不相信从青藏线上下来的人，还会有吃不了的苦和受不了的累。他对嫩江基地这个名字有好感，让人想到家，感到亲切。

嫩江基地拥有44万亩黑土地，一望无际，黑得纯粹，黑得油亮，黑得湿润松软，仿佛一把能攥出油来。当地人说"插下根筷子也发芽"。同时又黑得干净，黑得让人生出一种亲近，想在上面跑跳，想在上面打滚，沾上一身黑土黑泥也不会嫌脏。

地球上有三块黑土地，一块在乌克兰，它使乌克兰成为苏联时期的粮仓；另一块在北美洲的中部，使美国成为世界头号农业强国；第三块就在中国的松花江和嫩江平原上。从中国地图上看，这块黑土地正处在"鸡头"的脑部，头冷脚暖，属高寒地区，冬季气温为-48℃，年平均气温是-1℃，全年无霜期只有一百天左右。

世界三大块黑土都分布在北纬45°附近的寒冷地带。说明寒冷是形成黑土地的一个重要条件，经过寒冷孕育出来的绿才辉煌壮阔。见惯了黄土和红土的人，常以为松嫩平原上铺了一层黑粪。翻开的黑土，在阳光下闪着亮光，如同挂了一层油。

有这样的黑土才会有盛大的绿色。一到夏天，那便是真正的绿，四十四万亩大绿，波澜壮阔，绿油油，水汪汪，纤尘不染，天地洁净，却磅礴着生机。

但，三月的嫩江平原像青藏高原一样寒冷，颜色也是一样的，一片雪白。有水的地方都是冰，水多深冰多厚，没有冰的地方就是雪。只是缺少层峦叠嶂、擎日拂天的大山。

然而，井安民对自身的感觉却是大不一样。

人人都知道生活在平原上的人进入青藏高原会有高原反应：呼吸困难，四肢乏力，或突发心脏病，或在不知不觉中窒息而亡。

很少有人知道在高原上生活惯了的人，一来到平原同样不适应。因空气中含氧量过大，井安民醉氧了。没有感冒，却像得了重感冒，浑身难受，无处不疼。最疼的还是脑袋，且胀得大如麦斗，连帽子都戴不进去，懵懵懂懂，欲裂欲昏，如锥刺，如棒击。

再加上他长期在缺氧地带生活，因心肌缺血而造成心脏肥厚，回到平原胸闷、恶心，痛苦不堪。在青藏高原上天天睡不好，每到夜晚似睡非睡，外面的动静听得一清二楚；来到这嫩江平原上又变得睡不醒，睡一夜如同眨个眼，一个梦还未做完就该起床了。况且常常是几个梦、一团梦搅在一起，梦梦离不开青藏线。

他如不强迫自己醒来，真怕自己会一直睡下去，也许同样会睡死。只有醉氧的人才知道，强迫自己起床有多困难，如同叫一个醉酒的人清醒一样难！

让井安民感到更难的是他不想让基地的官兵失望，认为他们的新政委是个病号。因此，人们每天见到的是一个仪表整洁、沉稳谦和的政委。他的脸上带着西部高原人的紫红色，看上去既年轻又健康。一双温和的眼睛能透视人间，又能包容人间的一切似的，充满智慧，给他这个高原人增加了一份儒雅。

他身为基地政委，并不吝啬自己的笑容，他的笑无人能抗拒，流露出他坦诚朴厚的性格。即便是第一次见他的人，也会立刻缩短距离，感到亲近、随和、完全信赖他。还有他那浓重的西部口音，更增加了他的质朴。一个五十多岁的人，胸襟仿佛不曾被污染过……这怎么可能呢？

基地三千多名官兵，没有人知道井安民还忍受着巨大的痛苦。只知道他起得早，睡得晚，虽身为嫩江基地的政委，自己却没有一个基地。

吃食堂，睡办公室，一早一晚都用来工作了，使人无法不对他的经历产生好奇。

是啊，他不把自己的"基地"搬来，又怎能安基地官兵的心呢？他的"基地"又在哪里呢？

一家五口四个兵，分散在五个地方：妻子在西宁，大女儿在北京一家部队医院当医生，二女儿在西安第一军事医科大学读书，小女儿在重庆第三军事医科大学读书，一家人分散在东、西、南、北中。从雄鸡状的中国地图上看，他们一家分布在"鸡头""鸡翅""鸡心"上。

他不能说只有自己重要，三个女儿和她们的母亲一样都有自己的生命轨迹。眼下看来只有把整个中国当作自己的基地了。

他没有基地，女儿们却把他视为自己的基地，他是全家可以依靠的大树。小女儿最娇，就是想父母。她觉得光靠写信还不能完全表达和排遣自己对父母的想念，就画了许多画，属于想念母亲的就寄给母亲，属于想念父亲的就寄给了父亲。这些画给井安民以意想不到的安慰和快乐。他猜测有些画是女儿根据自己的梦画的：

她翘着两条小辫儿，坐在井安民的宽肩膀上，晃着脑袋大笑；井安民背着背包，气宇轩昂地大步往前走，女儿在后边追赶；在一张中国地图上，在重庆的位置冒出一个姑娘的头，向着嫩江的地方拼命伸手，在嫩江的位置冒出井安民的头，向女儿伸着手，两只手就是够不上；井安民生病了，捂着肚子，小女儿俨然一副医生派头，为他按摩，为他打针……小女儿竟以现代年轻人单纯的复杂和复杂的单纯，怀疑父亲是犯了错误，才被调离青藏线，分配到大东北的。

她并未来过东北，认为这里很可怕，纯属一种孩子气的误解。但她把青藏高原看得那么重要、那么美好，令井安民感到欣慰。

这里是总后勤部的粮食基地，政委理应是基地官兵的思想基地，在精神上成为全基地的凝合剂。他拼命地投入工作，想用增加负荷和多消耗,来抵消醉氧反应。基地下属八个场,最远的离基地九十多公里,最近的也有三十公里,共有十五个团级单位,四十四万亩土地。他用几个月的时间跑了五遍,跑出了对这片黑土地的感情;熟悉了情况,他到位了,用最快的速度称职地站到了自己的位置上。

但是,他的身体仍然不适应,随着时间的推移,痛苦并未减轻多少。基地组织篮球比赛,他这个政委怎能不上场?上了场还必须积极拼搏,又跑又跳。他靠强大的意志挺下来了,没有当场晕倒,没有呕吐,心脏也没有抛弃他,只是扭伤了一只脚,浑身疼得像散了架……他拄着拐杖继续下基层。

医生劝告他,治疗严重的缺氧,最有效的办法是吸氧。治疗严重的醉氧,最可靠的办法是在基地工作一段时间,再回青藏高原上去调整一下,再回基地来。工作一段时间再回去,一次比一次待的时间长,经过几次调整就适应平原了。

他能做到吗?如此说来他的基地暂时还只能留在青藏线上。可是他越来越喜欢嫩江基地上的这支部队,喜欢这里的黑土、这里的绿色——嫩江平原上夏季的大绿,具有强大的诱惑力和征服性。

当他早晨起来,扑进湿漉漉的绿色,随便往哪个方向看都是绿的:庄稼是绿的,顶着透明的露珠;树是绿的,披着蒙蒙水汽。没有一点杂质、一片黄叶、一根枯枝,绿得晶莹,绿得剔透。生活在这样的绿色之中,会感受到一种强大的生机!

他一定要让妻子和女儿们来见识一下这嫩江的绿色。

不,还是让她们秋天来。黑土地对人类的奉献在深秋,那就是黑土地上的秋熟。成熟的大豆变成了铁褐色,齐刷刷,黑压压,像比着尺子长的,一样齐、一样高、一样饱满,在辽阔的黑土地上无拘无束、无穷无尽地铺展开来。

一般人头脑里关于庄稼地的概念是成块的、成条的,有各种形状的，有大有小，地里长着高高低低、五花八门的庄稼。站在黑土地上放眼一望，却不敢确定这还叫不叫庄稼地。

这里的地没有边、没有界、没有形状，天是圆的地就是圆的，天是方的地也是方的。你一眼能看多远，大豆地就伸展多远，如同人们航行在太平洋上对海水的感觉一样，谁能估计得出海水有多少呢？

黑土地上的秋收是一场真正的大战。几百台各种型号的大型联合收割机有规则地分布在四十四万亩土地上，排开了阵势。这一个个庞然大物把大豆连秆带荚一并吞下，将滚圆的豆粒留在自己肚里，又飞快地吐出豆秆和空豆荚，如同战舰搅起海浪。

拖拉机跟在它们后面耙地，辛苦了一年的黑土地又露出了它的真面目，显得轻松而欣慰。卡车往来穿梭，把收割机吐出来的黄灿灿的、饱满的豆粒运到场院里。说秋收像一场大战，还因为战斗一打响便不能停下来，无分昼夜，大概要持续一个多月，直至把黑土地上的最后一粒豆子收进仓库。

井安民在青藏线跑车，几乎没有收获和利润的概念，而嫩江基地，每年收获大豆2亿多斤，上缴利润近亿元——这个数字在20世纪90年代初，不仅在国内农业领域是首屈一指的，在国际上也处于先进行列。当时美国的人均大豆产量是10万千克，英、德、法、澳等国是15万斤，嫩江基地则人均年产大豆18万斤。

而且他们生产的是优质大豆，大豆的蛋白质含量非常高，人的生存就是蛋白质的存在形式，"要长寿，吃大豆"。

何况饲料、制药、工业用油也都需要大豆。

这里既然是产粮的最好的基地，一定也是生命存活成长的优良基地。井安民渴望让家人为他在嫩江基地和在青藏线上一样感到骄傲。

海底坐垫

生活在这样一个千奇百怪的世界上，想能见怪不怪，非有足够的定力不行。让自己静下来，并能够沉静得住，难。

静，可比动难多了。步兵战士都知道，开步走和跑步，要比立正容易得多。因为，我们的灵魂里几乎不会有完全的寂静。

不停地自转和围绕着太阳公转的地球深处，却有一个"海底坐垫"。谁都知道海洋是永不止息的，风从不会平，浪从不会静。但在海底深处竟有一个风吹不到、浪打不到的地方，叫作"海底坐垫"。任狂风暴雨搅翻大海，任龙吟海啸波涌浪滚，那个地方从来不会被搅动。当科学家挖掘海底，把"海底坐垫"上的动植物遗骸拿上来检测时，发现这些遗骸一动不动地被存放了数千年之久，从未受到过打扰。

据说台风的中心也是平静的。

我们在生活中，又何尝不是如处于大海之中或台风之中呢？到处都是声音，人的声音以及各种物体发出的声音。甚至当我们越是想安静的时候，就越有一种大吵大闹的声音传到耳中，里里外外的喧嚷声不下千种，烦你、扰你、推你、拉你，以致除了这种喧嚷声之外，你再也听不到别的声音，更听不到自己灵魂里的声音。

这时候你要继续静下去，也必须在嘈杂中有时间让自己独个安静在一个地方，让外界的噪音达不到，也让能进到你心里的每个闯入者不作声，如同安静的日落。当你对外面的一切噪音充耳不闻时，渐渐地，那些噪音就会消失，你会听到从自己的心灵深处发出的一种极微小的神秘音调，它有无法形容的温柔和安慰的能力，那就是从你自己灵魂里发出的声音。

越是嘈杂、忙乱的生命，越应该找到这种内在的静，倾听自己生命的歌唱。那才是自己的声音，才是真实的自己。

人永远无法自己满足自己，人在绝望中也无法解脱自己，认识自己的软弱才能坚强，体验过惧怕才会勇敢。

生活并不是单纯的经济行为，生命的更新才是一切改革的根基。历史是我们自己的影像，在历史和别人的错误里能看到自己的责任，才是真智慧中的开明。在有强光的地方必有暗影，但在阴暗的地方更容易获得丰富和珍贵的启示。

在倾听自己的过程中，沉思默想，整理自己的思路，靠近自己，充实自己，认识自己的命运，恢复自己所有的能力，然后才可能调动全部精力去做好应该做的事情。

这种"静"之所以能给人改变生活的力量，是因为它能医治痛苦和沮丧。

然而，痛苦和沮丧这两样东西，是人生中不可能不遇到的。逆风能使船舶进港，沉重的钟摆能使指针移动，世上许多美好的事物都是通过眼泪和痛苦得到的。通过静思反观这些痛苦，才会使人深刻和丰富，才有可能成为灵性上的伟人。

而沮丧，却是一种危险的引诱，使人的心脏收缩、衰弱，把困难扩大，给世间描绘上一层凶险的颜色。能够静下来跟自己对话的人，不是没有痛苦，而是从不沮丧。

"静"还出于一种心灵的渴求。吮吸生命的气息，让心里体验到一种不可诠释的感情，超然有世外感；静谧，清畅，会找到人同外部世界的连带感，找到与灵魂相熨帖的东西。让疲惫的身心重新投进生命之中，让生命本性的渴求得到满足，这是心灵的拯救。

人人都是地球上的匆匆过客，生而不知从何而来，死而不知去向何方。因此，生存就需要思考。"海底坐垫"是给海洋以静力和智慧的地方。心里有这样一个"海底坐垫"的人，必有海洋般的性格和胸襟，堪称大气。

愿善良的人们心里都有这样一个"海底坐垫"，用以对付世事的惊涛骇浪。

石都石趣

开放的大潮，令每个人都眼界大开，同时又让每个人都感觉到了自己的孤陋寡闻。比如，古老的云浮是六祖慧能的故乡，如今却成了广东最年轻的城市。也正是到了云浮，我才知道中国除了有"煤都""钢都""瓷都"等之外，还有个"石都"。

——它就是云浮。

其《县志》记载，此地于3亿年前便形成岩溶地貌，孤山突兀，石骨嶙峋，上有奇峰峻岭，下有溶洞暗河。玉蕴山辉，暗石藏龙，其矿产资源也非常丰厚，可供开发利用的石料多达数十种，有云石（大理石）、花岗岩、石英岩、白云石、石灰岩等。据说"云浮"其名，便因石而得：云石写意，云轻石重，相得益彰，相辅相成。

乾坤有精物，杰地出灵人。早在明朝嘉靖年间，云浮就有了石材加工业，其石匠的技艺开始声名远播，当时一些著名的宫殿、庙宇和牌楼，都留下了他们的作品。清咸丰七年（1857年），云浮出现了第一家石材加工厂，此后此类的工厂和作坊越来越多。至清末，云浮的石材加工业已经具备了相当的规模，刻石艺人甚至有了自己的节日：以每年的农历四月初八为"凿石师傅诞"。可见其石艺活跃和发达的程度。

这样一个自古就与石头结缘的地方，如今的石艺又发展到了什么程度呢？

我不妨先讲几个小故事。曾经，一位领导人来云浮考察，他收到了一份奇怪的礼物：一个精致的南瓜，饱满成熟，色泽赤黄而温润。他望着南瓜不得其解，伸手一抓竟没有拿起来，不想此瓜竟沉重得很。细看原来是用石头刻的，惟妙惟肖，生动喜人。领导人忽有悟，不禁哈哈大笑："我明白了，种一个能吃的南瓜不过卖几块钱，而雕刻一个能让人百看不厌的南瓜，动辄会赚上几百元，就是卖到上千元也说不定。而云浮又最不缺石头，云浮云浮，漫山石头，城中有山，山中有城……好啊，六祖的故乡，果然处处有禅机，你们是想让这个南瓜告诉我，云浮的发展，先从石头着眼！"

很快，云浮的石头竟在全国范围内带起一个又一个的新潮。比如，前些年，很多大公司的门前，忽然时兴摆放石狮子，根据公司的性质和建筑样式的不同，摆放的石狮子也非常讲究，其大小不一，形态各异，雌雄有别……这些石狮子中的绝大部分，都出自云浮刻石艺人之手。

随后，各地纷纷大建别墅，人们喜欢在别墅里安装云浮产的石壁炉，以及与之相配套的石雕、石画、石拼图；有爱赶时髦的公司又兴起了在大厅的中心位置摆一个自动带水旋转的大石球，紧跟着是罗马柱、扭纹柱、异形线、石扶手……凡是想追逐时尚的人，追来追去都找到了云浮。

这是个崇尚石头的时代。社会越是浮躁，人们就越是追求永恒、追求一劳永逸。恰好，石头的本质就是不朽、坚硬和耐久。引潮者反被潮催。在掀起一阵高过一阵的石头热的同时，云浮的石艺也得到了大规模的锻炼和提升，由匠艺进入创作，奇形巧夺天工，意韵可见物情。其作品进入北京人民大会堂、故宫、西藏的布达拉宫，以及香港和内地许多机场、地铁站等雅致豪华的场所。中山大学的鲁迅雕像，是70岁的"老石头"欧秀明所作，他的另一件石雕"九龙鼎"获得了国家级的文化大奖。当年雕刻南瓜的苏进发，创作了一件名为"举世无双"的玉瓶，有人给出了一个天价，他还舍不得出手……

改革开放大致可分为两个阶段，前半段是中国看世界，后半段世界开始了解中国。于是云浮乘风借势，引领的不单单是国内的石头风尚，还带动了一个不大不小的世界性的"石头热"。连美国、俄罗斯都来云浮订货，其他国家和地区就更不消说了。埃及开罗国际会议中心的大理石壁画《天长地久》，长154米，高2.8米，即云浮石材工艺总厂的李森才等人根据唐小禾、程犁夫妇的画稿制作的。

云浮的石头仿佛都被禅宗六祖点化过了，灵气飞扬。这也就极大地调动了我的好奇心，不顾盛夏的酷热，匆匆南下粤西，去看这些神奇的石头。待真正走进云浮，却看到一座花园式的新城，四周群山掩映，秀峰耸立，有山皆绿，哪有裸石？城内更是树木葱茏，处处鲜花，湖泊也明净如镜，并非满街石头。一个以石头扬名的地方怎么可能还有青山绿水？在我的想象中，进入"石都"首先看到的应该是一个接一个的采石场，满天飞扬的石粉，被轧翻了浆的道路……莫不是传言有误，所说的"石都"并不是云浮？

陪同者笑道："别着急，'石都'不一定非得挖自己的石头。"他随即带我拐到云浮市的另一侧，这里有一条百里石材走廊。我仿佛一步跌入石头阵中，满眼都是各式各样的巨石，从几吨到几百吨，有的已经被切割成一片片光滑的石板；还有无计其数的石头制品，一眼望不到头，每一块石头都像活了起来，令人眼花缭乱。在这条百里长街的两边，一家挨一家地坐落着3800多家石材工艺厂，年产石材工艺品700多万套（件），是世界上独一无二的"石艺王国"，或者叫"石头博物馆"！

云浮的石头不许采，那么这些精美的石头是从哪儿来的呢？只要看看各个厂家门前的大字广告便一目了然：印度红、南非翠、蒙古黑、英国白、美国米黄、俄罗斯浅啡……原来，云浮的石料大部分来自国外，有的是用国外来料加工，有的是云浮厂家自己从国外买来的。永光兄弟石材公司的办公大楼,优美而厚重,装修更是富丽堂皇,是用81国的石头建造而成的。这似乎是一种象征、一种宣告:"世界名石皆为我所用,我为世界点石成金。"

云浮人不愧为慧能禅师的老乡,果真有好智慧!

江山多胜游

"城在山中，山在城中"的宜春，之所以被誉为中国的"月亮之都"，缘于其境内的明月山。此山核心面积80平方公里，由12座海拔千米左右的山峰组成，山势逶迤，层峦叠嶂。茂林深丛，怪石嶙峋，千态万状别有奥趣。主峰高达1700多米，整体山势呈半圆形，恰似半圆之月。因此得名。

不仅山形似月，且山石明亮，夜晚闪烁如月之光华。明吴云《古月山考》载："武功之东有明月山，西有古月山，皆有石能为月之光"。明月山坐落于武功和九岭两大南北走向的山脉之间。有石夜里发光如月，若月落山中，满山皆明。奇峰出光华，月移山影动，山月相融，自是一奇。

自古以来，真正的旅行家都愿夜游明月山。有唐末五代诗僧齐己的诗为证："山称明月好，月出遍山明。要上诸峰去，无妨半夜行。"

在主峰一侧的绝崖上，有巨石凌空，传说为嫦娥奔月之地。嫦娥实是会选地方，没有比在明月山上奔月更好的地方了。于是，明月山上的几多妙处，都被人以月命名：星月洞、抱月亭、浸月潭、追月亭、晃月桥、月亮湖……

处处有月，确是不负"月亮之都"的称号。

南宋理学家朱熹有言："我行宜春野，四顾多奇山。"其实，山如明月只是明月山的一奇，明月山还有一奇是山上的树。山上山下林木森森，植被极其丰富，或枝叶茂密，浓荫匝地；或高木出众，肃爽凌霄……翠峰汹涌，若怒涛拍空，赖此宜春才被称为长江中游城市群的"绿心"。南国之山森林繁盛原不足奇，奇的是明月山有相对齐整的万顷竹海，站在高处望去，碧涛汹涌，密密匝匝，仿佛有巨石滚落也会被浓绿托住。

在明月山奇绝的大峡谷内外及千峰万壑的险峻处，生长着稀有的珍奇古木。如野生红豆杉，世界上公认濒临灭绝的珍稀植物，在地球上已有250万年的历史，是经过了第四纪冰川遗留下来的古老孑遗树种。此外还有古樟树、金丝楠木、黄檀、乌桕、落叶木莲、南方铁杉……

一般游客在一些山村也能看到这些在北方平原上难得一见的珍稀老树。我是在有野猪林的沧州农村长大，对树特别是老树，有一种特殊的感情，看见古木比看见任何景观都兴奋，在洑溪村我就搂抱了须三个人才能抱过来的千年罗汉松。村北是耶溪河，为防洪固土，涵养田园，建有一条石砌的古堤，高一丈、宽一丈，原长近二里，现存一里，状若飞龙，护卫着村庄。大堤两侧长有千年古樟树，以及闽楠、栎树、糙叶树、长叶冻绿、桃叶石楠、黄丹木姜子……

只这一个古堤上，就有近百棵古树。它们经历风霜雪雨千年，受尽日月精华，嶙峋苍劲，顶天立地。每棵老树都有自己的气象：连理樟同根并立、相依相偎，共插云天；乌桕老干如铁，枝叶扶疏；黄檀拂云百丈，独立无双；国槐则老根裸露，若盘龙卧虎……

山里还有一个叫水口的小村子，一农户家就有雌雄两株红豆杉，一株树龄250岁，一株已逾千年，还有两棵百年的樟树。上海一严姓游客，知道红豆杉养人，向主人借了一把竹椅，半躺半坐地在树下竟舒舒服服一觉睡了两个多小时，醒来便决定要来水口村建民宿。他投资4000万元，围绕着四棵古树，错落有致地建起漂亮而舒适的新农舍。青山怀抱，村子前面有一条清澈的溪流，真是神仙住所。难怪这里曾流传着这样的歌谣："红薯饭，木炭火，除去神仙就是我。"可见当地人的安逸和快乐。

其实那位游客在树下的竹椅上比在城里的床上睡得沉实，是因为明月山的空气好。一般来说，每立方厘米含负氧离子2000个，空气就很清新了，明月山的负氧离子是70000个/立方厘米，称其为"大氧吧"不算过分。当然，还有其他因素，特别是水土。

接下来就该说明月山的第三奇——水。

水是压倒一切的资源，"宜川三月水东流，秀出江南二十州"。而水源于山，奇山蓄奇水。有文章说，远古时代，明月山这片起伏迤逦的黛绿色山峦，还是汪洋大海，"无数海洋生物遨游其中，亿万年过去，沧海变桑田。但苍茫的群山峻岭之上，依旧翻腾着汪洋般的云海，蕴含着巨大的水量，经常与不期而至的太平洋季风相遇，倾泻下丰沛的雨量"。于是，明月山"溪水万千，跳跃婉转，养育了犹如乳汁般滋润宜春大地的袁河、锦河和潦河水系"。

明月山在成为宜春境内河流的源头之前，先是形成了大大小小众多的瀑布群，其中有落差119米的云谷飞瀑，也有落差只有几米的水帘……触目即嵯峨，举步见流碧。瀑布多不算稀奇，稀奇的是这些水有冷热两种，均富含硒元素。

为什么明月山的溪泉很多是富硒水？这要感谢大自然的造化，让宜春成为全国三大富硒地之一，且无丝毫污染。山泉经过山上的奇石和珍木庞大根系的过滤，特别是流经万顷竹海，即通常所说的"竹根水"，其质量自然非一般的山水所能比。那么，硒又有何珍奇处？现代科学已经证明，硒有增强免疫力等功效。

这还得了？无比注重养生的现代人，便一窝蜂地奔硒而去。因此，明月山成为国内名牌矿泉水厂家争抢的水源地。

这一切仍不足奇，最为神奇的是明月山的热泉。泉水发烫，通称"温泉"。《太平寰宇记》载，"县侧有泉，从地涌出。夏冷冬暖，清澄若镜，莹媚如春，饮之宜人"，故名宜春。宜春建县于汉高祖六年（公元前201年），距今已两千多年，明月山的温泉每日出水量10000吨，水温常年保持68~72℃，不受季节及气候变化的影响，也与每年的雨量大小无关。你道神也不神！

温泉蕴藏于400多米深的熔岩裂隙之中，而山体内的裂隙相通，温泉的储量就极丰富，可谓流之不尽。但，"泉以硒为尊"，明月山温泉富含多种对人体有益的微量元素，饮可防病，浴可健身，被奉为"华夏第一富硒温泉"。国际上有个世界温泉及气候养生联合会，考察了全球无以计数的温泉后，评选出三个"世界温泉健康小镇"，明月山温汤镇赫然在列。另外两个在日本和意大利。

明月山下的温汤镇建有两侧带板凳的长廊，每到傍晚，就陆陆续续有人提着各式各样的桶，打了温泉水坐在长廊下泡脚。人多时长廊里坐不下就自带板凳，一边泡脚一边聊天，一派其乐融融的祥和景象。

此处，还有上万户从上海、北京、内蒙古等地迁来的居民，他们图的就是明月山的空气和水。现代人虽不能像嫦娥那般来明月山羽化成仙，却也是哪儿好就往哪儿奔。曾在宜春（古称袁州）做过太守的韩愈就已经断言："莫以宜春远，江山多胜游。"